KB163769

톰 아저씨의 오두막

일러두기

• 이 책은 Harriet Beecher Stowe, 『*Uncle Tom's Cabin*』(Project Gutenberg, 2006)를 참고했습니다.

톰 아저씨의 오두막

Uncle Tom's Cabin

해리엇 비처 스토 지음

살림

해리엇 비처 스토

영국의 조각가 프랜시스 홀(Francis Holl)의 1855년경 작품.

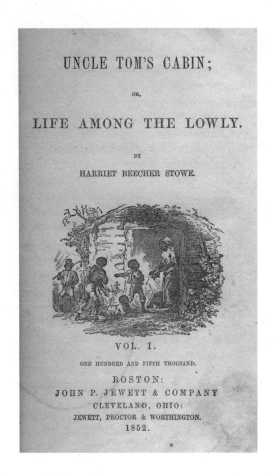

1852년 초판 『톰 아저씨의 오두막』

1852년 초판 『톰 아저씨의 오두막(*Uncle Tom's Cabin*)』 표지. 예술가이자 건축가인 해맷 빌링스(Hammatt Billings)의 삽화가 사용되었다. 『톰 아저씨의 오두막』은 1851년 「내셔널 이러(National Era)」지에 연재될 때부터 선풍적인 반향을 일으켰던 작품이다. 출간과 동시에 베스트셀러가 되었으며, 오늘날까지 32개 국어로 번역되어 세계 곳곳에서 수많은 사람들이 읽고 있다. 스토는 1850년 도망친 노예가 자신을 변호할 수 있는 재판을 금지하고 그 노예를 도와준 이까지 처벌받게 하는 법률인, 도망노예법이 미국 의회에서 통과되자 깊은 분노를 느껴 이 소설을 쓰기 시작했다고 한다.

「목화 따는 여자 The Cotten Pickers」

미국의 사실주의 화가 윈즐로 호머(Winslow Homer)의 1876년 작품. 목화 농장에서 목화를 따고 있는 두
젊은 흑인 여성 노예를 그렸다. 미국의 노예제도는 17세기부터 시작되었지만, 흑인 노예 문제가 본격적으
로 드러나기 시작한 것은 19세기 초이다. 미국의 노예제도는 미국 전역이 아니라 남부의 주에서만 시행되
고 있었다. 남부에서는 목화 농업이 주를 이루었고, 거대한 농장에서 목화 농사를 짓기 위해서는 흑인 노
예의 노동력이 꼭 필요했다. 반면에 북부는 공업과 제조업이 발전했고, 청교도 정신이 바탕으로 깔려 있
어 노예제도를 윤리적으로 허용하지 않았다. 1860년, 노예제도를 반대하는 링컨이 북부 지역의 지지에 힘
입어 미국의 대통령에 당선되자 이에 반대하는 남부의 일곱 개 주가 분리 독립을 선언하였다. 이를 계기
로 1861년 4월 남북전쟁이 시작되었다. 남북전쟁은 1865년 4월 26일 북부의 승리로 끝났다. 전쟁에 승리
한 링컨 대통령은 1863년 1월 1일을 기하여 노예해방령을 선포했다.

에이브러햄 링컨

'국민에 의한 국민을 위한 국민의 정부'라는 유명한 말을 남긴 게티즈버그 연설 11일 전인 1863년 11월 8일 알렉산더 가드너(Alexander Gardner)가 찍은 에이브러햄 링컨(Abraham Lincoln)의 사진. 링컨은 미국의 제16대 대통령(1809~1865)이다. 노예제도를 반대했으며 남북전쟁(1861~1865)에서 북군을 지도하여 승리로 이끌었고 점진적으로 노예제도를 폐하도록 하였다. 남북전쟁이 발발한 후 링컨은 백악관의 방문한 스토에게 "당신이 이 엄청난 전쟁을 촉발한 책을 쓴 조그만 여인이군요"라고 말했다고 한다. 스토가 『톰 아저씨의 오두막』에서 쓴 노예제도 폐지에 대한 호소는 미국 남북전쟁의 단초가 되었던 것이다.

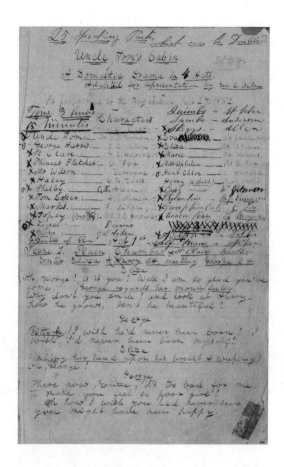

연극 〈톰 아저씨의 오두막, 혹은 비천한 자들의 삶〉

미국 극작가 조지 에이킨(George Aiken)이 각색한 극 〈톰 아저씨의 오두막: 혹은 비천한 자들의 삶(Uncle Tom's Cabin: Or Life of the Lowly)〉 원고의 첫 번째 페이지. 에이킨은 『톰 아저씨의 오두막』이 책으로 출간된 지 6개월 만에 극으로 각색했다. 톰 아저씨의 수동적인 모습을 지나치게 강조하고 단순하게 만들어, 톰의 이미지를 부정적으로 만들었다는 평을 받기도 했다. 하지만 오케스트라 반주에 맞춰 삽입한 노래와 음악, 춤 등 볼거리가 풍부한 이 극은, 초연이 325회나 공연될 정도로 흥행에 성공한다.

톰 아저씨의 오두막 차례

제1장 인정 많은 남자

차가운 2월의 어느 날 늦은 오후, 켄터키주 P시의 어느 집 안락한 식당에 두 신사가 술병을 앞에 놓고 마주 앉아 있었다. 둘이 의자를 바싹 당겨 앉은 것으로 보아 심각한 이야기를 나누고 있음이 틀림없었다.

편의상 두 신사라고 했지만 좀 더 엄밀히 말한다면 그중 한 명은 신사라고 부르기에는 어울리지 않았다. 뚱뚱한데다 땅딸막한 그 사내는 전반적인 인상도 그렇고 잘난 척 거드름을 피우는 것이 제 앞가림을 위해서는 무슨 짓이든 할 저속한 위인으로 보였다. 옷차림도 그가 형편없는 속물임을 보여주고 있었으며 게다가 말투도 상스러웠다. 그는 헤일리라 불리는 노예 상인이었다.

반대로 그와 이야기를 나누고 있는 셸비 씨는 척 보기에도 신사다웠다.

셸비 씨가 말했다.

"그런 식으로 일을 마무리 지으면 어떻겠소?"

"절대 안 됩니다."

헤일리가 술잔을 높이 쳐들며 외쳤다.

"헤일리, 톰은 정말 뛰어난 친구요. 그는 어디로 보나 그 정도 가치가 있소. 성실하고 정직하고 능력이 있소. 농장을 시계처럼 정확하게 돌본단 말이오."

"흑인치고는 괜찮다는 말이겠지요."

헤일리가 술잔을 입에 털어 넣으며 말했다.

"아니오. 톰은 정말 뛰어난 친구요. 예의 바르고 영리하고 신앙심도 깊소. 정말이지 톰과 헤어지는 게 싫소. 자, 그 친구를 받고 부채를 전부 면제해주시오. 당신이 양심이 있다면 내 제안을 받아들일 거요."

헤일리는 술을 한 잔 더 따라 입으로 가져가며 말했다.

"저도 양심이 있는 사람입니다. 하지만 요즘 정말 어려워요. 어디 더 끼워 넣을 사내나 계집 하나 없습니까?"

"없소. 솔직히 형편이 너무 어려워서 톰을 내놓은 거지, 난 농장 일꾼을 쉽게 파는 사람이 아니오."

그때였다. 문이 열리며 네댓 살쯤 되어 보이는 쿼드룬 사내아이 한 명이 방으로 들어왔다. 쿼드룬이란 백인의 피가 4분의 3, 흑인의 피가 4분의 1이 섞인 혼혈인을 일컫는 말이다. 정말 귀엽고 매력적인 아이였다. 아이를 보자 셸비 씨가 건포도를 몇 알 집어 아이에게 건네며 말했다.

"우리 귀여운 까마귀! 이거 받아먹어라."

아이가 주인 앞으로 다가와 주인이 주는 선물을 받자 주인은 그의 곱슬머리를 쓰다듬으며 말했다.

"어디 노래하며 춤 좀 춰볼래? 손님 앞에서 솜씨를 한번 보여주렴."

아이는 주인이 시키는 대로 춤을 추면서 노래를 불렀다. 그러자 헤일리가 손뼉을 치며 말했다.

"브라보! 저 녀석 정말 물건이네."

그는 갑자기 셸비 씨의 어깨를 치며 말했다.

"자, 저걸 끼워 넣어요. 그걸로 거래를 마무리 지읍시다."

순간 문이 열리며 스물대여섯쯤 되어 보이는 젊은 쿼드룬 여자가 방으로 들어섰다. 한눈에 그 아이의 엄마라는 것을 알 수 있었다. 깊이 들어간 아름다운 검은 눈, 긴 속눈썹, 비단 같은 머릿결 등이 꼭 닮아 있었던 것이다.

"무슨 일이지, 엘리자?"

그녀가 문 앞에서 주춤하고 있자 셸비 씨가 물었다.

"주인님, 해리를 찾고 있던 중이었습니다."

"그래? 자, 데리고 가."

셸비 씨가 말하자 그녀는 아이를 양팔로 안고 황급히 식당에서 나갔다.

그녀가 나가자 헤일리가 큰 소리로 말했다.

"맙소사! 정말 굉장한 물건이 있군요! 뉴올리언스에서는 저 여자만으로도 큰돈을 벌 수 있을 겁니다. 저 여자보다 훨씬 못한데도 1,000달러에 거래가 되는 걸 본 적이 있지요. 자, 얼마면 되겠습니까?"

"헤일리 씨, 저 여자는 수만금을 준대도 팔지 않을 거요."

"할 수 없지요. 그렇다면 아이만이라도 주십시오."

"도대체 아이를 데려가서 뭘 하겠다는 거요?"

"이 사업에 진출하려는 제 친구가 딱 저런 애를 원하고 있습니다. 잘생긴 흑인 아이들은 값이 제법 나가지요. 식탁 시중도 들고 손님맞이하는 일도 시키는 겁니다. 저 애는 잘생긴 데다 노래도 잘하니 아주 딱입니다."

"하지만 저 애는 팔지 않겠소. 인정상 그럴 수 없소. 어떻게 아이를 엄마에게서 떼어놓을 수 있단 말이오?"

"아, 그러세요? 당연한 일이지요. 잘 알겠습니다. 엄마가 울고불고하면 골치가 아프긴 하지요. 그렇다면 제가 방법을 가르쳐드리지요. 엄마를 하루나 이틀도 좋고, 아니면 1주일 정도 멀리 보내놓는 겁니다. 그사이 아이를 보내버리면 일은 아주 조용히 처리되는 겁니다. 안주인께서 애 엄마에게 귀고리나 새 옷, 뭐 이런 거를 사주면 아무 문제가 없게 되지요."

"그 정도로 쉽지는 않을 거요."

"아니, 정말 그렇게 됩니다. 저들은 백인과 달라요. 신경만 조금 써주면 그런 어려움은 금세 이겨낸답니다. 백인들은 처자식을 부양한다는 의무감을 배우며 성장하지만 저들은 그렇지 않아요. 제대로 가르친 검둥이에게는 그런 의무감이 없어요. 일처리가 깨끗하게 끝나고 더 이상 어떻게 해볼 도리가 없어지면 어미도 쉽게 체념한다 이 말입니다. 다만 인정머리 없게, 어미가 보는 앞에서 아이를 끌고 가는 짓만 안 하면 되는 거지요. 어미가 울고불고하면서 몸을 망치면 결국 소중한 재산에 흠이 가는 것 아니겠습니까? 저는 인정사정 보아가며 일을 처리합니다. 어떻습니까? 제 말씀대로 하시겠습니까?"

셸비 씨가 말했다.

"그렇다면 나는 노예들을 제대로 가르치지 못한 셈이로군."

"맞아요. 켄터키주 사람들이 검둥이 버릇을 망쳐놓고 있다니까요. 하지만 잘해주더라도 검둥이 처지를 생각하면서 잘해주어야지요. 언제 어디로 팔려나갈지 모르는 검둥이들에게 정겹게 잘해주는 건 실제로 잘해주는 게 아닙니다. 그런 자들에게 기대감을 심어주면 안 되는 거지요. 제가 주는 정도의 인정만 베풀면 되는 겁니다."

셸비 씨는 불쾌감이 치솟았지만 헤일리가 인정 운운하는 데 약간 솔깃했다. 어쨌든 그는 이 불쾌한 노예 상인에게 빚을 다 갚아야만 하는 형편이었다.

그가 아무 말 없이 생각에 잠긴 표정을 짓자 헤일리가 다시 입을 열었다.

"자, 어떻게 하시겠습니까?"

"깊이 생각 좀 해보고 아내와 의논도 해보아야겠소. 저녁 6시와 7시 사이에 다시 오시오. 그때 답해주리다."

헤일리는 인사를 한 뒤 밖으로 나갔다. 그러자 셸비 씨가 중얼거렸다.

"엉덩이를 걷어차서 계단 아래로 구르게 하고 싶군. 저 뻔뻔스럽고 거만한 꼬락서니하고는! 하지만 내가 약점을 잡혔으니…… 아마 누군가가 톰을 남부의 역겨운 노예 상인에게 팔라고 내게 말했다면 이렇게 말했을 거야. '나를 뭘로 보는 겁니까? 내가 그런 짓을 할 개 같은 놈으로 보인단 말이오?' 하지만 이제 어쩔 수가 없어. 엘리자의 아이까지 넘겨주는 수밖에 없어. 아내가 난리를 칠 거야. 톰을 넘겨주는 것도 안 된다고 하겠지. 하지만 빚을 갚아야 하니 도리가 없어."

사실 켄터키주에서는 노예제도가 다른 어느 주보다 부드럽게 시행되고 있었다고 볼 수 있다. 켄터키주 농장을 방문해 자상한 주인과 충성심 깊은 흑인 노예의 모습을 보고 나서 서정적인 가부장 제도의 모습을 떠올리는 사람도 있을 정도다. 하지만 법이라는 어두운 그림자가 그들의 관계 속에 드리워져 있었다. 살아 숨 쉬는 심장과 생생한 애정을 지닌 인간들을 재산과 물건으로 취급하는 법이 있는 한, 제아무리 잘 관리되고 있는 노예제도라 할지라고 절대로 바람직한 제도가 될 수 없다.

셸비 씨는 그런 켄터키주의 평균적인 주인이라고 할 만한 사람이었다. 그는 온화하고 정이 많았으며 주위 사람들에게 너그러웠다. 또한 흑인들이 편안한 환경에서 지낼 수 있도록 자신이 해줄 수 있는 일은 최선을 다해 해주었다. 다만 투기를 잘못해서 빚을 지게 되었고, 그가 발행한 큰 금액의 약속어음이 헤일리의 손에 들어가게 되었던 것이다.

그런데 바로 조금 전 아이를 데리러 방 앞으로 갔던 엘리자가 얼핏 그들의 대화를 엿들었다. 그녀는 노예 상인이 누군가를 데려가려 한다는 것을 짐작으로 알 수 있었다. 그녀는 아이를 밖으로 데리고 나오면서 더 엿듣고 싶었지만 마침 안주인이 그녀를 불러서 황급히 그 자리를 떠날 수밖에 없었다. 그녀는 노예 상인이 자기 아들을 달라고 하는 것 같다는 강한 느낌을 받았다.

"엘리자, 무슨 일이 있어?"

허둥대는 엘리자의 모습을 보고 안주인이 물었다.

그러자 엘리자가 눈물을 흘리며 말했다.

"마님, 노예 상인 한 명이 식당에서 주인님과 이야기를 나누고 계셔요. 제가 이야기를 엿들었어요. 아, 주인님께서 제 해리를 팔아넘기실까요?"

"애를 팔아? 그이는 절대로 노예 상인에게 노예를 팔지 않는다는 걸 모르니?"

"물론 알지요, 마님. 마님도 동의하지 않으시겠지요?"

"말도 안 되는 소리! 차라리 내 아이를 팔아넘기겠다!"

셸비 부인은 정신적으로나 도덕적으로 격이 다른 여인이었다. 신앙심도 깊었고, 당연히 노예들의 편의, 교육, 생활환경 개선을 위해 힘썼다. 노예 상인과 대화를 나눈 뒤에 셸비 씨의 가슴을 가장 무겁게 짓누른 문제는 바로 그 사실을 아내에게 말해야 한다는 것이었다. 아내의 항의와 반발을 어떻게 무마할 수 있을지 한숨이 절로 나왔다.

하지만 남편의 착한 심성을 조금도 의심하지 않고 있던 셸비 부인은 엘리자의 의심을 단번에 물리쳤다. 그녀는 그 일에 대해 두 번 다시 생각하지 않고, 저녁 초대를 받은 집에 갈 준비를 했다.

제2장 남편과 아내

엘리자는 어린 시절부터 안주인의 사랑을 받았다. 나중에 그녀는 이웃에 살고 있던 물라토, 조지 해리스와 결혼했다. 물라토는 흑인과 백인의 혼혈인을 일컫는 말이다.

해리스는 자기 주인의 허락을 받아 인근 포대 공장에서 일했다. 그는 솜씨도 좋고 머리도 좋아서 금세 가장 뛰어난 노동자가 되었다. 그는 대마 껍질을 벗기는 기계를 발명하기도 했는데 그의 교육 수준과 당시의 상황을 고려하면 어마어마한 발명품이었다.

그는 잘생긴데다 행동거지도 올곧고 친절해서 사장을 비롯해 공장의 많은 사람에게서 사랑을 받았다. 하지만 그를 공장에 임대한 그의 주인은 천박한데다 옹졸한 위인이었다. 그리고 법의 관점에서 보자면 조지는 사람이 아니라 물건에 불과했다. 그뿐 아니었다. 그의 주인은 독재자인데다가 질투심까지 강했다. 그가 어느 날 공장을 방문했을 때 그는 기계에 관해 설명하는 조지의 모습을 보고 밸이 꼴렸다. 감히 노예 주제에 함부로 돌아다니고 기계를 발명하고, 이렇게 주인 앞에서 고개를 빳빳하게 쳐들고 이야기하다니!

그는 공장 사장과 일꾼들 앞에서 조지를 집에 데려가겠다고 말했다. 공장 사장과 일꾼들이 조지를 두둔했지만 엄연한 조지의 주인이 우기는 것을 막을 방법은 없었다. 조지로서는 자신의 운명이 그렇게 바뀌는 것을 보고도 어찌할 도리가 없었다. 주인은 조지를 집으로 데려간 뒤 가장 하찮은 허드렛일을 시켰다.

공장에서 일하던 행복한 시절에 조지는 엘리자와 만나 결혼했다. 사장이 그를 신임하고 총애했으므로 그는 자유롭게 엘리자를 만날 수 있었다. 셸비 부인도 이들의 결혼을 적극 지지했다. 그녀는 자신의 예쁜 하녀를 모든 면에서 가장 잘 어울리는 남자와 짝을 지어주게 되어 너무 기뻐했다. 두 남녀는 안주인의 저택 응접실에서 결혼식을 올렸다.

그 후 한두 해 동안 둘은 자주 만날 수 있었다. 두 번 어린아이를 잃은 것 외에는 둘은 행복했다. 두 아이를 잃고 나서 그녀가 얼마나 애통해했는지! 그녀는 어린 해리가 태어나고 나서야 겨우 어느 정도 진정되었다. 이미 두 아이를 잃은 터라 그녀는 해리에게 각별히 신경을 썼다. 해리가 건강하게 잘 커가자 그녀는 다시 행복을 되찾았다. 그런데 주인의 횡포로 남편이 공장에서 농장으로 다시 끌려가는 일을 당하게 된 것이었다.

공장 주인이 조지의 주인을 찾아와 조지의 임대료를 훨씬 올려주겠다고 말했지만 소용없었다. 이제 조지의 앞길에는 무의미한 막일밖에 없었다. 더욱이 주인이 알게 모르게 그를 학대했기에 그의 분노는 마음속에서 커져만 갔다. 아주 인도적인 한 법률학자가 "인간이 인간을 가장 크게 학대하는 방법은 그를 목매다는 것이다"라는 말을 한 적이 있다.

아니다, 그보다 더 나쁜 방법이 있다. 바로 노예제도다.

셸비 부인이 외출하자 엘리자는 베란다에 선 채 슬픈 얼굴로 멀어져 가는 마차를 바라보고 있었다. 그때 누군가가 그녀의 어깨에 손을 얹었다.

"오, 조지! 놀랐잖아요! 어서 안으로 들어가요. 마님은 외출 중이에요."

그녀는 남편을 베란다에 붙어 있는 작고 깨끗한 방으로 안내했다.

"당신이 와서 정말 기뻐요. 그런데 표정이 왜 그래요? 저를 보고도 웃지를 않으시니."

"오, 엘리자! 차라리 당신이 나를 만나지 않았다면! 난 비참한 노예일 뿐이야! 내가 당신에게 해줄 수 있는 건 아무것도 없어. 뭔가 하려고 해도, 뭔가 알려고 해도, 뭔가 되려고 해도 아무 소용없어. 도대체 이렇게 살아서 뭐 하겠어? 그냥 죽어버리고 싶을 뿐이야!"

"오, 조지! 당신이 공장 일을 잃어서 힘들다는 건 알아요. 당신 주인이 심술궂은 사람이란 것도 알아요. 하지만 주인은 주인이잖아요. 어쩔 수 없잖아요."

"주인? 도대체 누가 그자를 내 주인으로 만든 거야! 도대체 그자가 내게 어떤 권리를 갖고 있는 거야! 나도 그자처럼 인간이야. 그자보다 더 나은 인간이라고! 나는 그자보다 일에도 능숙하고 관리도 더 잘할 수 있어! 나는 그자보다 더 잘 읽고 잘 쓸 줄 알아! 순전히 나 혼자 배운 거야. 그자가 내게 해준 건 아무것도 없어. 도대체 그자가 무슨 권리로 나를 막일이나 하게 만드는 거야. 게다가 가장 힘들고 더럽고 천한 일만 시키고 있다니!"

"오, 조지! 그런 말 말아요. 당신이 무서워요. 당신이 그런 말하는 건 본 적이 없어요. 당신이 무슨 끔찍한 짓이라도 저지를 까봐 무서워요. 당신이 힘든 건 잘 알지만 조심하세요. 저와 해리를 위해서라도."

"이제껏 조심해왔어. 참아왔단 말이야. 하지만 점점 더 나빠질 뿐이야. 틈만 나면 내게 욕설을 해대고 괴롭히기만 한다고! 나는 조용히 참으면서 할 일이 끝나면 책을 읽으며 생각을 하려고 했어. 하지만 그자는 내가 일을 끝내자마자 다른 일을 시켜. 어제 일만 해도 그래. 내가 수레에 돌을 싣고 있는데 그자의 어린 아들 톰이 말 바로 옆에서 채찍을 휘두르고 있는 거야. 말들이 놀라서 힝힝거리기에 내가 그러지 말라고 부드럽게 말했어. 그러자 그놈이 내게 채찍을 휘두르는 거야. 내가 그놈 손을 잡으니까 소리를 와락 지르더니 제 놈 아버지한테 내가 대든다고 일러바쳤어. 그래서 어떻게 된 줄 알아? 그자가 나를 나무에 묶더니 아들놈에게 채찍으로 때리라고 했어. 아들놈은 아비가 시키는 대로 했지. 내가 언제고 이 복수를 안 하고 넘어갈 것 같아?"

조지는 눈썹을 잔뜩 찌푸렸고, 눈은 불붙은 듯 이글거렸다.

그러자 엘리자가 슬픈 목소리로 말했다.

"저는 항상 주인님과 마님께 복종해야 한다고 생각하며 살아왔어요. 그렇게 하지 않으면 기독교인이 아니라고 생각했어요."

"당신은 나와 달라. 그분들은 당신을 어릴 때부터 먹여주고 키워주고 입혀주고 가르쳐주었으니까. 하지만 내 주인이라는 자는 나를 때리고 걷어차고 욕설만 해댔을 뿐이야. 나를 가만 내버려두기만 해도 감지덕지했어. 그런 자에게 내가 신세 진 게 뭐가 있어? 난 더는 견딜 수 없어. 더 이상 못 참겠다고!"

그가 주먹을 불끈 쥐면서 말했다.

엘리자는 몸이 마구 떨렸다. 남편이 이토록 격분한 모습을 보인 것은 이번이 처음이었다.

조지가 계속 말했다.

"그뿐이 아니야. 당신이 준 강아지, 칼로 있잖아. 그 강아지가 내 유일한 위안거리였어. 그런데 얼마 전 내가 부엌에서 칼로에게 빵 껍질을 주고 있는데 주인이 그걸 보고는 자기 돈으로 강아지를 먹인다고 눈을 부라리더군. 그러더니 강아지 모가지를 묶어 강물에 던져버리라는 거야. 내가 시키는 대로 안 했더니 그자와 그자의 아들놈이 가엾은 칼로를 물에 던지고 밖으로 못 나오게 돌을 계속 던졌어. 나는 내 손으로 강아지를 해치지 않았다고 매질을 당했어. 이제 아무리 매질을 해도 순순히 당하고만 있지는 않을 거야."

"오, 조지! 어떻게 하려고 그래요? 제발 나쁜 짓은 하지 마세요. 당신이 하나님을 믿고 기다린다면 그분이 당신을 구원해주실 거예요. 이 세상일이 아무리 잘못되어가는 것 같아도 결국에는 하나님이 다 잘해주시리라는 걸 믿어야 한다고 마님이 말씀하셨어요."

"소파에 앉아서 한가롭게 잡담이나 하고, 외출할 때는 마차를 타는 사람이라면 그렇게 말할 수 있겠지. 나랑 처지를 바꿔보라지. 금세 하는 말이 달라질걸. 나도 착한 사람이 되고 싶어. 하지만 가슴에 불이 확 붙는 걸 나도 어쩔 수 없어. 당신도 마찬가지였을 거야. 그게 전부가 아니거든."

"또 무슨 일이 있었어요?"

"내 주인이 셸비 씨를 싫어하는 거 알지? 내가 셸비 가족에게 못된 걸 배웠다고 생각하고 있어. 그러면서 나를 자기 농장 밖에서 결혼시킨 게 잘못이라고 말하고 있어. 나보고 뭐라고 했는지 알아? 앞으로 셸비 씨 농장에는 발걸음도 하지 말고, 다른 여자와 결혼하라는 거야."

"세상에! 당신은 목사님 앞에서 저랑 결혼했잖아요."

"노예는 결혼할 수 없다는 걸 몰라? 아무도 우리를 지켜줄 수 없어. 내가 당신을 아예 만나지 않았던 게 좋았을지도 몰라.

이 불쌍한 아이도 태어나지 말았어야 했어. 나한테 벌어지고 있는 일이 그 애에게도 얼마든지 일어날 수 있잖아."

"하지만 우리 주인님은, 그분은 너무 좋은 분이에요."

"맞아. 하지만 누가 알아? 언젠가 죽을 수도 있고 그러면 아이는 어디론가 팔려갈 거 아니야? 애가 너무 잘생기고 활달하고 똑똑하지? 그래서 당신이 저 애를 지키기 더 힘들 거야. 값이 많이 나갈 거거든."

그 말에 엘리자 가슴이 철렁 내려앉았다. 노예 상인의 모습이 다시 떠올랐다. 엘리자는 자신의 걱정거리를 남편에게 말하고 싶은 생각이 굴뚝같았지만, 꾹 참았다. 그렇지 않아도 속상해하는 남편에게 또 다른 걱정거리를 만들어주고 싶지 않았기 때문이었다.

조지가 슬픈 목소리로 말을 이었다.

"엘리자, 힘을 내야 해. 그리고 잘 있어. 나는 떠날 거야."

"떠나다니요? 어디로 갈 건데요?"

"캐나다로! 거기서 돈을 벌어서 당신을 사들일 거야. 그것만이 유일한 희망이야. 당신 주인은 착한 사람이니까 당신을 내게 팔 거야. 내가 당신과 저 애를 꼭 사고 말 거야."

조지가 엘리자의 손을 잡은 채 꼼짝 않고 그녀의 눈을 바라보았다. 둘 다 말이 없었다. 이윽고 둘은 마지막 말을 나누었고 가슴 아픈 이별 앞에서 비통한 울음을 터뜨릴 수밖에 없었다. 그들이 다시 만날 수 있는 희망이라야 거미줄처럼 허약하기 짝이 없는 것이었다. 남편과 아내는 결국 그렇게 헤어졌다.

제3장 톰 아저씨 오두막에서의 저녁 한때

거친 통나무로 지은 톰 아저씨의 오두막은 '저택' 옆에 붙어 있었다. 흑인들은 주인집을 '저택'이라고 불렀다. 그 오두막 앞에는 예쁜 텃밭이 있었고 그 텃밭에는 오두막 주인의 정성스런 보살핌을 받아 딸기와 라즈베리 외에 여러 과일과 채소들이 해마다 여름이면 열매를 맺었다.

또한 집 앞면에는 커다란 능소화나무와 장미 나무가 온갖 색깔의 꽃을 자랑하며 서로 엉켜 자라고 있어 통나무집의 모습은 거의 보일락 말락 할 정도였다. 여름이면 마당 한쪽에 일년생 화초들이 꽃을 만개했고, 클로이 아줌마는 그 모든 것이 자랑스러웠다.

이제 집 안으로 들어가보자. 저택에서의 저녁 식사가 끝났기에 주방장으로서 요리를 지휘했던 클로이 아줌마는 뒷정리와 설거지를 '아랫것들'에게 맡기고 가족들 저녁을 준비하기 위해 자신만의 아늑한 공간으로 돌아왔다. 그녀는 불 앞에 서서, 냄비 안에서 끓고 있는 음식을 열심히 지켜보다가 빵 굽는 팬의 뚜껑을 열었다. 머리에 두른 터번 아래, 그녀의 통통한 얼굴에는 만족감이 피어올랐다. 최고 요리사로서의 자부심을 보여주는 표정이었으며 실제로 그녀는 인근에서 그렇게 인정받고 있었다.

정말로 클로이 아줌마는 그 영혼으로부터 뼛속까지 속속들이 요리사였다. 마당의 닭과 칠면조, 오리들은 그녀가 다가가 살펴보기만 해도 기겁을 했다. 그녀가 가금류를 꼬챙이에 꿰고, 속을 채우고 굽는 일에 온통 사로잡혀 있으니, 가금류들이 공포에 젖지 않을 도리가 없는 것이다. 저택에 온 손님들을 위해 정찬을 준비하는 일은 그녀의 영혼을 한껏 고양하는 일이었다. 새로운 요리를 만들고 새로운 영광을 얻게 될 순간이었기 때문이다.

지금 클로이 아줌마는 프라이팬을 들여다보고 있다. 우리는 그녀가 요리하는 동안 잠시 집 안을 둘러보기로 하자.

방 한구석에는 침대가 놓여 있고 그 위에는 눈처럼 하얀 시트가 깔렸다. 클로이 아줌마는 그 침대를 정성껏 관리했고, 사실상 그 침대는 응접실 구실을 했다. 그들이 실제로 사용하는 좀 남루한 침대는 방 다른 쪽 구석에 놓여 있다. 벽난로 위 벽에는 아주 멋진 『성서』의 그림들과 워싱턴 장군 초상화가 걸려 있다.

방 다른 한쪽 구석에는 커다란 벤치가 놓여 있고 반짝이는 검은 눈의 곱슬머리 소년 두 명이 갓난 누이동생의 걸음마를 도와주고 있다. 갓난아기는 두 발로 잠시 균형을 잡았다가 이내 넘어지곤 했지만, 소년들은 대단한 일이라도 해낸 듯 응원을 보내고 있다.

벽난로 앞에는 다리가 부실한 식탁이 놓여 있다. 식탁 위에 놓여 있는 찻잔과 받침들이 곧 식사가 준비되리라는 것을 알려주고 있었다. 그 식탁에 톰 아저씨가 앉아 있다. 그가 바로 이 이야기의 주인공이니 조금 자세히 묘사해보기로 하자.

그는 키 크고 가슴이 두툼한 건장한 사내다. 얼굴은 칠흑같이 검었고, 아프리카인의 특징을 그대로 보여주고 있는 얼굴에는 진지하면서도 선량한 표정이 떠올라 있었으며, 자상하고 자비로운 분위기를 풍겼다. 그에게서는 근엄함이 느껴졌지만 동시에 겸손함도 느껴졌다.

톰 아저씨는 지금 석판을 앞에 놓고 공들여 천천히 알파벳을 쓰고 있다. 그리고 그 옆에서는 열세 살 된 어린 주인 조지가 톰 아저씨의 글쓰기 연습을 감독하고 있었다. 그는 마치 선생이 어떤 식으로 위엄을 갖추어야 하는지 잘 알고 있는 것 같았다.

"톰 아저씨, 그렇게 하면 안 돼! 그렇게 하면 g가 아니라 q가 되잖아."

어린 선생은 석판에 여러 번 g와 q를 써 보였다. 톰 아저씨는 존경의 눈빛으로 어린 선생을 바라보면서 연필을 잡고 다시 글쓰기를 시작했다.

조지가 말했다.

"근데, 클로이 아줌마, 나 배고파 죽겠어. 아직 과자가 덜 된 거야?"

"다 됐어요, 조지 도련님! 아주 노릇노릇하게 잘 구워졌어요. 케이크를 이렇게 구울 수 있는 건 나밖에 없어요."

잠시 후 클로이 아줌마는 먹음직스럽게 구워진 파운드 케이크를 사람들 앞에 내놓았다. 대도시 일류 제과점에 내놓아도 손색이 없을 솜씨였다. 조지는 케이크 맛에 감탄하며 배가 터질 정도로 케이크를 먹었다. 그는 포만감을 만끽하며 주위를 둘러보았다. 저쪽에서 두 소년이 눈을 반짝이며 도련님 쪽을 열심히 바라보고 있었다. 침을 꿀꺽 삼키고 있는 것으로 보아 배가 무척이나 고파 보였다. 그는 식탁 위의 빵을 뭉텅 잘라 그들에게 주면서 클로이 아줌마에게 말했다.

"클로이 아줌마, 쟤들한테도 케이크 좀 구워 줘."

클로이 아줌마는 케이크를 많이 구운 다음 피트와 모스에게 주었고 갓난아기에게도 먹였다. 두 소년은 식탁 밑바닥으로 기어들어가 뒹굴며 케이크를 먹었다. 둘이 케이크를 먹으며 갓난아기의 발가락을 잡아당기는 등 장난을 치자 클로이 아줌마가 말했다.

"장난들 그만두지 못해! 이제 곧 예배가 시작될 거야."

사실이었다. 저녁이면 톰 아저씨의 오두막에서는 예배가 열렸고 사람들이 모였다. 머리가 하얀 여든 살의 노인부터 열다섯 살 남녀에 이르기까지 다양한 연령층의 사람들이었다. 그들은 이런저런 잡담을 나눈 뒤에 찬송가를 불렀다. 조지는 사람들이 부탁하자 「요한계시록」을 낭송했다. 그리고 나름대로 『성경』 구절을 해석해서 사람들에게 들려주었다. 그러면 그 자리에 모인 사람들은 "목사님도 저렇게 훌륭한 설교는 못 하실 거야"라고 감탄하곤 했다.

톰 아저씨는 그 모임에서 종교적 지도자 같은 존재였다. 그 모임도 그가 조직한 것이었으며 무엇보다 그의 설교와 기도가 모두에게 감동을 주었다. 그의 기도는 청중의 열렬한 반응과 함성을 끌어냈고, 가끔 오두막이 그 함성에 파묻혀 가라앉을 정도였다.

톰 아저씨의 오두막에서 그런 일들이 벌어지는 동안, 주인의 저택에서는 전혀 다른 일이 벌어지고 있었다.

헤일리와 셸비 씨가 이번에는 서류가 잔뜩 놓인 탁자를 마주하고 앉아 있었다. 셸비 씨가 돈다발을 세더니 헤일리를 향해 내밀었고 이번에는 헤일리가 돈다발을 헤아렸다.

헤일리가 말했다.

"정확합니다. 이제 서명을 해주시지요."

셸비 씨는 「매매 증서」를 앞으로 끌어당기더니 재빨리 서명하고는 상대방에게 밀었다. 마치 불쾌한 일을 빨리 해치워버리고 싶어하는 사람 같았다. 헤일리는 가방에서 양피지 서류를 하나 꺼내더니 셸비 씨에게 건네주었다.

그가 일어서며 말했다.

"그럼 계약은 끝났습니다."

"끝났어요."

셸비 씨는 긴 한숨을 내쉬며 같은 말을 반복했다.

"그래, 끝났어."

그러더니 그가 다시 헤일리에게 말했다.

"헤일리 씨, 톰을 어디로 파는지 꼭 알려주겠다고 약속한 것, 지켜줄 거지요?"

"바로 당신이 지금 제게 파셨지요. 당신이!"

셸비 씨가 언성을 높였다.

"상황이 어쩔 수 없어서 그렇게 된 거요!"

"저도 그렇게 될 수가 있지요! 그렇게 되면 톰을 좋은 곳으로 보내도록 노력하지요. 그를 학대하지나 않을까 하는 걱정은 붙들어 매십시오. 다행스럽게도 나는 본래 잔인한 사람이 아니니까요."

제4장 엘리자, 아들과 함께 도망가다

  그날 밤 침실에서 셸비 씨는 오후에 도착한 편지를 읽고 있었고 셸비 부인은 거울 앞에서 엘리자가 손봐준 머리를 풀고 있었다. 그러다 그녀는 갑자기 엘리자가 해준 이야기가 생각나서 남편에게 물었다.

  "그런데 아서, 당신이 저녁 식사에 끌어들인 그 거친 사람은 누구예요?"

  "헤일리라는 사람이오."

  셸비 씨는 「편지」에서 눈을 떼지 않은 채 의자에서 몸을 약간 비틀며 대답했다.

  남편이 당황하는 기색을 보이자 부인이 다시 물었다.

  "정말 노예 상인이 맞아요? 아까 엘리자가 울면서 자기 아들을 그 상인이 사 가겠다는 이야기를 들었다고 하는 거예요. 말도 안 되는 바보 같은 소리 아니에요? 당신이 우리 집 사람들을 절대 팔 리 없다고 내가 말했어요. 더구나 저런 무식한 사람에게는……."

셸비 씨는 언젠가 털어놓아야 할 문제이니 차라리 잘됐다고 생각했다.

"맞소, 난 늘 그렇게 생각해왔지. 그런데 더는 물러설 곳이 없을 상황이 되고 말았소. 내 손에 지닌 사람 중 몇몇을 팔아야만 하게 되었소."

"그 사람에게요? 여보, 당신 농담하는 거지요?"

"사실이라고 말할 수밖에 없소. 톰을 팔기로 동의했소."

"뭐요! 우리 톰을! 그토록 선량하고 충실한 사람을! 당신 그에게 자유를 주겠다고 약속했잖아요! 당신과 내가 백 번도 더 그 사람에게 말했잖아요. 그러고 보니 불쌍한 엘리자 말이 맞았군요. 당신 해리도 팔 작정이군요!"

셸비 부인이 고통과 분노가 뒤섞인 목소리로 외쳤다.

"그렇소. 이미 다 끝난 일이오. 톰과 해리를 팔아버리기로 했소."

"왜 하고많은 사람 중에 하필 그 둘이에요?"

"그 둘이 가장 값이 나가기 때문이오. 그 둘 대신 엘리자를 택할 수도 있었소. 당신 그러길 바라오?"

"여보, 흥분했던 건 미안해요. 하지만 두 사람에 대한 내 감정을 말하는 건 들어줘요. 톰은 정말 충직한 사람이에요. 해리를 엘리자에게서 떼어놓는 것도 못 할 일이에요. 여보, 우리가 금전적으로 좀 희생하면 되잖아요? 나도 불편한 걸 감수하겠어요. 나는 엘리자에게 무엇보다 기독교인으로서 부끄러움 없이 살아야 한다고 내내 말하고 가르쳐왔어요. 그런데 돈 몇 푼때문에 그들을 판다면! 해리를 판다는 건, 곧 엘리자의 영혼을 파괴하는 것과 같아요."

"에밀리, 당신 말을 들으니 정말 미안하오. 하지만 이제 정말 어찌할 수가 없소. 차마 당신에게 이 말은 안 하려고 했지만 해야만 하겠소. 내게는 그 둘을 팔아넘기거나 나머지 전부를 넘기거나 둘 중의 한 가지 선택밖에는 없었소. 헤일리는 내가 발행한 어음을 갖고 있고 그 빚을 청산하지 못하면 내 재산 전부를 압류하려 들 거요. 온갖 힘을 다 기울여 돈을 구했지만 나머지 차액을 메우려면 그 둘을 팔 수밖에 없었소. 그자는 그 애를 마음에 들어했고, 그 애만 끼워주면 부채를 모두 변제해주겠다고 했소. 당신, 그 둘을 파는 걸 안타까워하지만, 그렇다고 나머지 노예를 다 팔아야 하겠소?"

셸비 부인은 마치 벼락이라도 맞은 듯 서 있다가 양손으로 얼굴을 감싸고 앓는 소리를 내며 말했다.

"이건 노예제도에 대해 하나님이 내리신 저주예요! 주인과 노예 모두에게 내린 저주야! 이런 지독한 제도에서 그래도 뭔가 좋은 걸 끌어내려 했던 내가 바보였지. 노예를 둔다는 법 자체가 죄악이야! 난 늘 그걸 죄악이라고 생각해왔어. 나는 그 사슬에 금색으로 덧칠하려 했을 뿐이야. 친절, 배려, 교육으로 우리가 데리고 있는 사람들의 노예 생활을 자유인 못지않게 해줄 수 있다고 생각했다니! 난 정말 바보였어!"

그러자 셸비 씨가 말했다.

"여보, 당신, 노예 폐지론자가 다 되었군!"

"노예 폐지론자요! 그들이 노예제도에 대해 나만큼 잘 알고만 있어도! 그런 사람들이 없어도 우리는 노예제도가 얼마나 나쁜 건지 잘 알고 있어요.

여보, 내게는 보석들이 없어요. 하지만 이 금시계를 처분하면 좀 도움이 되지 않을까요? 엘리자의 아이만 구할 수 있어도 저는 제가 가진 걸 다 내놓겠어요."

"여보, 정말 미안하오. 하지만 정말 아무 소용이 없소. 이미 「매매 증서」에 서명했고 그 서류가 헤일리에게 넘어갔소. 내일 아침 그가 둘을 데리러 올 거요. 난 내일 아침 일찍 외출할 거요. 톰의 얼굴을 볼 수가 없어서 그러오. 당신도 엘리자를 데리고 어디라도 갔다 오구려. 엘리자가 없을 때 이 일을 처리하는 게 나을 거요."

"아니, 나는 그런 일을 돕거나 공모하지 않겠어요. 오, 하나님! 불쌍한 톰에게 도움의 손길을 주소서! 나는 그를 보러 가겠어요. 어떤 일이 있더라도 제가 그들만큼, 또 그들과 함께 괴로워하고 있다는 것을 보여주겠어요. 아아! 엘리자에 대해서는 정말 아무 생각도 할 수 없어요! 오, 주님! 우리가 무슨 짓을 했기에 이런 시련을 주시는 건가요?"

그런데 셸비 부부가 조금도 눈치를 채지 못하고 있는 가운데 누군가가 그들의 대화를 엿듣고 있었다. 바로 엘리자였다. 엘리자가 침실 바로 옆에 있는 벽장에 몸을 숨기고 부부의 대화를 엿들은 것이었다.

그녀는 살며시 벽장 밖으로 빠져나왔다. 안색이 창백해진 채 몸을 떨고 있었지만 굳게 다문 입에는 무언가 결의가 담겨 있었다. 지금까지 수줍고 부끄러움 많던 그녀에게서 볼 수 없던 표정이었다.

그녀는 안주인의 방 앞에서 잠시 기도를 드리듯 두 손을 마주해 들어 올렸다. 그러고는 황급히 자신의 방으로 갔다. 그녀는 종이 한 장을 꺼내더니 황급히 글을 써내려갔다.

오, 마님! 저를 배은망덕한 년이라고 생각하지 말아주세요. 저를 나쁘게 생각하지 말아주세요. 저는 오늘 밤 주인님과 마님이 나누는 대화를 엿들었어요. 저는 제 아이를 구해야겠어요. 저를 비난하지 말아주세요. 하나님께서 마님을 축복해주시고, 그동안의 친절에 대해 보상해주시기를!

그녀는 황급히 종이를 접어서 서랍장 위에 올려놓았다. 이어 서랍을 열고 아이의 옷가지를 꺼내서 자그마한 보따리를 만들어 끈으로 허리에 졸라맸다. 깊이 잠들어 있는 아이를 깨우는 건 쉽지 않은 일이었지만 억지로 아이를 흔들어 깨운 후 장난감을 주어 아이를 달랬다. 그리고 아이에게 모자를 씌우고 코트를 입힌 다음 조용히 해야 한다고 말한 후 자신도 보닛을 쓰고 숄을 걸쳤다.

몇 분 후 그녀는 톰 아저씨의 오두막에 도착해 창문을 가볍게 두드렸다. 자정이 넘은 시각이었지만 톰과 그의 아내는 아직 깨어 있었다. 창문 커튼을 열고 밖을 내다본 클로이 아줌마가 놀라서 소리쳤다.

"아니, 이게 누구냐? 리지 아냐? 도대체 무슨 일이지? 잠시 기다려. 내가 얼른 문을 열어줄게."

부부가 촛불을 들고 문 앞으로 오자 엘리자가 말했다.

"톰 아저씨, 클로이 아줌마! 아들을 데리고 도망가려고요. 주인님이 이 애를 팔아버렸어요."

"팔다니!"

두 사람은 놀라서 손을 쳐들며 소리쳤다.

"네, 팔았어요. 주인님이 해리와 아저씨를 노예 상인에게 팔았다고 마님께 하는 말을 제가 엿들었어요. 주인님은 내일 아침 일찍 외출할 거고, 그러면 노예 상인이 데리러 온대요."

엘리자는 주인 부부가 나누었던 대화를 대충 들려주었다.

톰은 마치 꿈꾸는 듯 멍한 표정으로 양손을 쳐든 채 엘리자의 말을 듣고 있었다.

"사실이 아닐 거야. 저이가 도대체 어쨌다고 주인님이 저 양반을 팔아넘긴다는 거야?"

클로이 아줌마가 겨우 숨을 돌리고 말했다.

"아저씨가 뭘 잘못해서 그러는 게 아니에요. 사정이 그렇게 되었대요. 마님이 간청했지만 아무 소용이 없었어요. 제가 이렇게 하는 게 나쁜 짓이 아니지요? 주님께서도 저를 용서해주시 겠지요?"

그러자 클로이 아줌마가 말했다.

"여보, 당신도 이참에 도망가버려요. 남부에서는 노예를 함부로 죽인다잖아요. 리지와 함께 도망가버리세요. 제가 짐을 꾸릴게요. 당신에게는 「통행증」도 있잖아요."

톰은 천천히 머리를 들더니 슬픈 얼굴로 주변을 한번 둘러보았다.

"아니야. 난 남겠어. 엘리자는 가야 해. 그게 옳은 일이야. 내가 팔려가거나 농장 일꾼이 다 팔려가거나 둘 중 하나라고 엘리자가 말했잖아. 그렇다면 내가 팔려가는 게 나아. 주인님이 당신과 우리 애들을 잘 돌봐줄 거야."

그는 곱슬머리 아들들이 누워 있는 작은 침대 쪽으로 몸을 돌리더니 그 자리에 허물어졌다. 두툼한 손으로 감싼 얼굴에서는 굵은 눈물이 흐르고 있었다.

엘리자가 문간에 기대서서 다시 덧붙였다.

"한마디만 더 할 게요. 오늘 오후에 제 남편을 만났어요. 도망가겠다는 말을 하려고 저를 만난 거예요. 혹시 남편을 만나게 되면 제가 떠났다는 걸 알려주세요. 제가 꼭 캐나다로 갈 거라고 전해주세요."

몇 마디 말과 눈물을 더 나눈 후, 그녀는 잔뜩 겁에 질린 아이를 품에 꼭 안고 어둠 속으로 사라졌다.

제5장 추적

밤에 긴 이야기를 나누고 곧바로 잠을 이룰 수 없었기에 셸비 부부는 다음 날 평소보다 늦게까지 잠을 잤다.

"엘리자가 웬일이지?"

종을 여러 번 잡아당겨도 아무 반응이 없자 셸비 부인은 의아하게 생각했다.

그때 흑인 소년 한 명이 셸비 씨가 면도할 물을 들고 문간에 나타났다. 그를 보자 셸비 부인이 한숨을 내쉬며 말했다.

"앤디, 엘리자 방에 가서 벌써 벨을 세 번이나 눌렀다고 말해주렴. 불쌍한 것!"

잠시 후 앤디가 눈이 휘둥그레져서 나타나 말했다.

"주인님! 마님! 리지 서랍장이 다 열려 있어요! 도망친 것 같아요!"

셸비 씨가 소리쳤다.

"뭐야! 눈치를 챈 모양이군! 벌써 멀리 갔겠는데!"

그러자 부인이 소리쳤다.

"오, 하나님, 감사합니다! 그래, 달아난 게 틀림없어요!"

"여보, 바보 같은 소리 말아요. 이거 정말 난처하게 되었네. 어제 내 태도로 보아 내가 미리 도망치게 해준 거라고 헤일리가 생각할 텐데…… 이건 내 명예와 관계되는 일이야."

곧이어 농장에서는 야단법석이 났고 흑인 노예들은 저마다 삼삼오오 모여 쑥덕거렸다. 마침내 노예 상인 헤일리가 셸비 씨의 농장에 나타났다. 그는 이미 사방에 퍼져 있는 소문을 들은 뒤였다.

그는 거실로 불쑥 들어서며 셸비 씨에게 말했다.

"내, 이년을 잡기만 하면…… 셸비 씨, 이거 정말 이상한 일이 벌어졌군요. 그 우라질 년이 제 새끼랑 도망친 거 같군요."

"그런 것 같소. 그 젊은 여자가 엿듣거나 소문을 듣고 도망친 것 같소. 유감이오."

"셸비 씨, 저는 이 거래가 아주 공정하게 이루어지길 원했었는데……."

"무슨 말씀이오? 나는 이번 일로 내 명예가 훼손되는 걸 원치 않소. 암튼 나는 당신이 당신의 재산을 회수하는 데 도움이 될 수 있도록 내 마차와 하인을 제공할 용의가 있습니다. 자, 우선 마음을 가라앉히고 식사나 하면서 대책을 세워봅시다."

헤일리가 속으로 툴툴거렸다.

'제길,「매매 증서」에 서명했으니 아무래도 좋다 이거지? 이런 빌어먹을!'

한편 농장 안은 톰이 팔렸다는 소식으로 온통 벌집을 쑤셔놓은 것 같았다. 이 농장에서는 일국의 총리가 실각했다는 소식보다 더 충격이었다. 거기다 엘리자가 도망갔다는 사실이 사람들을 더 흥분하게 만들었다.

그런데 그 사건을 머릿속으로 복잡하게 계산하고 있는 사나이가 한 명 있었다. 얼굴이 남보다 세 배는 검게 보여서 블랙 샘이라고 불리는 사내였다. 그는 이 사태가 자신에게 어떤 이익을 가져올지 재빠르게 계산했다. 그는 톰이 팔리고 난 뒤 그 빈자리를 자신이 차지할 수 있으리라고 기대하며 자신이 어떻게 처신해야 하는지 재빨리 판단했다.

그때 앤디가 그의 곁으로 오더니 말했다.

"이봐요, 샘! 빨리 빌과 제리를 안장 얹혀 끌고 오래요. 당신과 내가 그 말을 타고 헤일리 나리와 함께 리지를 붙잡으러 가라고 주인님이 명령하셨어요."

"그럼, 당연하지. 이런 일에 이 노련한 샘이 아니라면 누가 나서겠어? 내가 리지를 멋지게 잡아 대령하지."

그러자 앤디가 말했다.

"하지만 샘, 생각을 달리해야 할 걸요. 마님은 리지가 잡히지 않길 바라고 계세요. 영감님이 리지를 잡아오면 마님 대접이 영 달라질 걸요. 제가 오늘 직접 들은 걸요."

앤디는 주인 부부 사이에 오간 이야기를 그대로 샘에게 전했다. 그의 말을 듣고 샘은 계산을 새로 했다.

'그래, 주인도 결국 마님의 생각대로 할 거야. 옳거니! 이참에 마님 눈에 드는 거야.'

마치 그 마음을 읽은 듯 앤디가 말했다.

"영감님, 아직 마님 속뜻을 모르겠어요? 자, 은근슬쩍 말을 지연시킬 방법을 생각해보세요. 마님이 그 때문에 일부러 영감님을 부르신 거예요. 그러니 어떻게든 시간을 끌어요."

샘은 그 말을 듣고 곧바로 행동을 개시했다. 그는 빌과 제리를 끌고 저택 앞으로 갔다. 저택 앞에는 헤일리가 타고 온 말이 있었다. 그 말을 보고 샘의 눈이 반짝였다. 농장에는 너도밤나

무가 있었고 날카로운 삼각형 열매가 사방에 널려 있었다. 샘은 그 열매를 하나 집어 들고 헤일리의 말에게 다가가 등을 쓰다듬었다. 얼핏 보기에는 말을 달래는 것 같았다. 그는 안장을 정리하는 척하면서 그 날카로운 열매를 안장 밑으로 슬쩍 밀어 넣었다. 말 주인이 안장 위에 올라타면 말이 신경질적으로 날뛰리라.

순간 헤일리가 베란다에 나타났다. 대기하고 있던 샘과 앤디를 보자, 그가 "자, 어서 서두르자, 시간 없어"라고 말했다.

샘이 헤일리 말의 고삐를 쥐고 헤일리 앞에 대령했고 그사이 앤디는 두 말의 고삐를 풀었다. 그런데 헤일리가 말에 오르자마자 성질 고약한 어린 말이 갑자기 뛰어올라 주인을 바닥에 내동댕이쳤다. 샘이 급히 말의 고삐를 잡는 척하면서 머리에 쓰고 있던 종려나무 모자로 말의 눈을 슬쩍 건드렸다. 갑자기 말이 흥분해 날뛰더니 잔디밭을 향해 달려가기 시작했다. 그러자 미리 입을 맞추어둔 앤디는 빌과 제리를 놓아주었고, 두 마리 말은 헤일리의 말을 향해 달리기 시작했다.

샘과 앤디는 곧장 말들을 향해 달려갔다. 하지만 그들은 말을 곧바로 붙잡을 생각이 애당초 없었다. 겉으로는 "빨리 잡아! 빨리 잡아!"라고 소리치면서 정작 말을 잡을 때쯤 되면 어김없이 종려나무 모자로 말을 건드렸고 그러면 말은 또 냅다 달아났다.

마침내 샘이 제리의 등에 올라탄 채 옆에 헤일리의 말을 거느리고 점잖게 나타났을 때는 이미 12시가 다 되어 있었다.

그 모습을 베란다에서 보고 있던 셸비 부인이 이제 자기가 나설 때가 되었다고 생각했다. 그녀는 헤일리 앞으로 가서 정중하게 사과하면서 점심을 들고 가시라고 말했다. 헤일리는 마지못해 청에 응하는 수밖에 없었다.

제6장 추적과 도주

우리의 불쌍한 엘리자가 톰 아저씨의 오두막을 떠났을 때, 그녀만큼 쓸쓸하고 그녀만큼 외로운 사람은 결코 이 세상에서 찾아볼 수 없었으리라. 그녀는 정신이 멍했다. 그런 가운데 남편이 겪게 될 고통, 자신과 아들 앞에 놓여 있는 위험이 동시에 그녀를 괴롭혔다. 그녀는 이 세상 단 하나뿐인 집을 떠난 것이다. 이 세상 유일한 보호자의 보호망에서 벗어나서, 어린 시절부터 정들었던 모든 것을 멀리하고 도대체 어디로 가야 한단 말인가!

하지만 어머니의 사랑은 그 모든 것보다 강했다. 게다가 무시무시한 위험이 가까이 있다는 것을 알고 있었기에 모정은 더욱 굳세어져서 모든 회한과 공포를 이길 수 있게 해주었다. 아이가 혼자서 걸을 수 있는 나이인데도 그녀는 아이를 품에 꼭 껴안고 걸었다. 아이를 품에서 떼어놓는다는 생각만 해도 온몸이 떨려왔다. 어디서 그런 힘이 솟구치는지 아이는 솜털처럼 가벼웠다. 처음에 깨어 있던 아이는 이제 잠들어 있었다.

그녀는 익숙한 농장의 경계, 숲, 삼림지를 빠르게 지나쳤다. 그리고 뿌옇게 동이 틀 무렵에는 마침내 그 익숙한 풍경으로부터 몇 킬로미터 벗어난 큰길에 이르렀다. 그녀는 전에 오하이오강에서 별로 멀리 떨어지지 않은, 마님의 친척 집을 방문한 적이 있었기에 그곳을 잘 알고 있었다. 숲이 우거진 삼림지대에 도착하자 그녀는 커다란 바위 뒤에 앉아 아이에게 아침을 먹였다.

잠시 후 그녀는 다시 큰길로 나왔고 사람들의 의심을 받지 않기 위해 침착하게 발걸음을 옮겼다. 그녀는 얼굴이 흰 편이라서 자세히 보지 않으면 흑인이라고 보기 어려웠다. 더구나 아이의 얼굴도 흰 편이었다. 그래서 남들의 의심을 사지 않고 비교적 쉽게 길을 갈 수 있었다.

정오쯤 되자 그녀는 한 깨끗한 농가에 찾아들었다. 좀 쉬기도 하고, 먹을 것도 사기 위해서였다. 거리가 멀어짐에 따라 긴장이 조금 풀리자 그녀는 지치기도 하고 허기마저 느꼈다. 수

다스러운 농장 주인은, 친구네 집에서 1주일간 보내기 위해 걸어가는 중이라는 그녀의 말을 쉽게 믿고 먹을 것과 마실 것을 내주었다.

해가 지기 한 시간 전에 그녀는 오하이오강 변에 있는 T 마을로 들어섰다. 그녀는 무엇보다 먼저 강물을 바라보았다. 오하이오강은 마치 요르단강처럼 그녀와 약속의 땅, 자유의 땅 사이를 가르며 유유히 흐르고 있었다. 저 강 건너편 북쪽은 노예제도가 없는 곳이었다. 때는 초봄이었고, 혼탁한 강물 속에서는 아직 녹지 않은 얼음이 떠다니고 있었다. 그녀는 걱정스러운 표정으로 강물을 바라보았다. 얼음 때문에 나룻배가 다니지 못하면 어쩌나 하는 생각에서였다.

그녀는 사정을 알아보려고 강둑에 있는 작은 여관으로 들어갔다. 불 위에 저녁 식사 거리를 끓이고 있던 여주인이 손에 포크를 든 채 그녀를 뒤돌아보았다.

그녀를 보고 엘리자가 물었다.

"강 건너 B 마을까지 건네주는 나룻배나 보트가 없나요?"

"없어요. 보트는 아직 안 다닌다우."

엘리자가 실망한 표정을 짓자 선량한 여주인이 물었다.

"꼭 건널 일이 있는 것 같군. 왜요? 누군가 아파요? 걱정스러운 얼굴이네."

"아이가 위험해요. 지난밤에서야 그걸 알고 나룻배를 타겠다는 일념으로 먼 거리를 걸어왔는데……."

"정말 딱하게 됐네."

여주인이 어머니처럼 걱정스러운 표정을 짓더니 "솔로몬!"이라고 창문 앞에서 큰 소리로 외쳤다. 그러자 곧 가죽 앞치마를 두른 사내가 나타났다. 그를 보자 여주인이 말했다.

"오늘 밤 보트 주인이 배를 띄울 거라고 하지 않았나요?"

"상황 봐서 띄울 거라고 했어."

그러자 여주인이 엘리자에게 설명해주었다.

"어떤 남자가 급히 실어 나를 물건이 있나봐요. 좀 있으면 저녁을 들러 여기 올 거라우. 애가 피곤해 보이네. 애를 좀 재우고 기다려봐요."

여주인은 엘리자를 작은 방으로 안내했다. 엘리자는 아이를 침대에 눕히고 불안한 눈길로 강물을 바라보았다.

셸비 부인은 클로이에게 슬쩍 귀띔해서 점심을 가능한 한 느릿느릿 준비하도록 했다. 그사이 톰은 거실로 불려 갔다. 거실에는 셸비 씨와 헤일리가 앉아 있었다. 톰이 나타나자 셸비 씨가 톰에게 말했다.

"톰, 어쩔 수 없이 자네를 이 신사에게 팔 수밖에 없었어. 그런데 오늘 이 양반이 볼일이 있으니 오늘 하루는 자유야. 어디든 가볼 데가 있으며 가봐."

그러자 헤일리가 말했다.

"내 한마디하겠는데, 무슨 얕은 꾀를 부릴 생각은 하지도 마. 만일 네가 나타나지 않으면 네 주인에게 마지막 한 푼까지 배상금을 받아낼 테니까."

그러자 톰이 꼿꼿이 선 채 셸비 씨에게 말했다.

"나리, 노마님이 한 살이 된 나리를 제 품에 안겨주었을 때 저는 여덟 살이었습니다. 그 후 저는 나리를 보살폈고, 나리의 말씀을 단 한 번도 거역한 적이 없습니다. 제가 그런 짓을 할 놈으로 보입니까?"

셸비 씨는 감동해서 눈물을 흘렸고, 셸비 부인이 말했다.

"톰, 내가 약속해. 돈이 마련되면 자네를 꼭 되사올 거야."

그녀는 헤일리를 향해 고개를 돌리고 말했다.

"톰을 누구에게 팔았는지 꼭 기록했다가 알려줘야 해요."

헤일리는 선선히 그러겠다고 대답했다.

점심은 2시 정도가 되어서야 끝이 났고, 샘과 앤디가 다시 말들을 끌고 왔다. 그들은 함께 추적에 나섰다.

농장의 경계까지 나오자 두 갈래 길이 나타났다. 한쪽 길은 아래쪽의 오래된 진흙 길이었고 다른 한쪽 길은 새로 난 길이었다. 샘이 헤일리에게 물었다.

"나리, 어느 쪽 길로 가시겠습니까?"

헤일리가 잠시 난감한 표정을 짓자 샘이 말했다.

"리지는 분명 아래쪽으로 갔을 겁니다요. 사람들이 잘 안 다니는 길이니까요. 하지만 나리 뜻대로 하시지요. 저 위쪽 새 길이 빠른 길이긴 하지요. 나리께서 그리로 가시겠다면……리지가 그쪽으로 간 것 같기도 하단 말씀이야."

헤일리가 말했다.

"그년은 분명 사람들이 다니지 않는 길로 갔을 거야. 틀림없어."

"하지만 알 수 없는 노릇입니다요. 여자들이란 변덕이 심해서…… 언제나 예상했던 대로 행동하지 않고 반대로 한단 말씀이야. 제 생각엔 리지가 진흙 길로 갔을 것 같은데, 실제로는 위쪽 길로 갔는지도 몰라요. 맞아요. 새 길로 갔을 겁니다. 우리도 그 길로 가지요."

노예에게서 여성에 대한 장광설을 듣고 나니, 헤일리에게는 노예의 말을 따를 생각이 전혀 없었다. 그는 진흙 길로 가겠다고 단호하게 결심했고 그들은 진흙 길로 접어들었다. 길이 엉망인데다 샘이 일부러 막다른 길로 헤일리를 안내하는 등 지연 작전을 썼다. 하지만 그들은 결국 엘리자가 머물러 있는 여관에 도착했다. 엘리자가 해리를 잠재운 지 한 시간 조금 못 되었을 때였다. 엘리자는 창가에 서서 밖을 내다보고 있었는데 샘의 날카로운 눈이 그녀를 먼저 발견했다. 헤일리와 앤디는 다른 쪽을 보고 있었다. 위기의 순간, 샘은 바람에 날린 것처럼 종려나무 모자를 일부러 떨어뜨리고 큰 소리를 질렀다. 그 소리에 엘리자는 깜짝 놀라 얼른 창가에서 물러섰다.

그녀가 해리와 함께 머물고 있던 방의 옆문은 바로 강 쪽을 향하고 있었다. 그녀는 아이를 껴안고 계단을 내려가 강둑 쪽으로 달려갔다. 헤일리가 그 모습을 보았다. 그는 말에서 뛰어내려 샘과 앤디를 큰 소리로 부르며 그녀를 쫓아갔다. 마치 사슴을 뒤쫓는 사냥개와 같은 모습이었다. 아찔한 순간이었다. 그런데 도망자의 발은 거의 땅에 닿지도 않는 것 같았다. 눈 깜짝할 사이에 그녀는 강가에 도착했다. 하나님이 오로지 절망한 사람에게만 주시는 힘을 받아 그녀는 외마디 비명을 지르며 몸을 날리더니, 괴력을 발휘해서 진흙탕 물을 뛰어넘어 마치 뗏목처럼 강물에 떠 있는 얼음 덩어리 위에 안착했다. 광기와 절망만이 가능하게 해줄 수 있는 엄청난 도약이었다. 그 모습을 보고 샘과 앤디, 헤일리는 양손을 쳐들고 놀란 표정만 짓고 있을 뿐이었다.

그녀가 내려앉은 얼음 덩어리가 그녀의 체중에 삐걱거리는 소리를 냈다. 하지만 그녀는 한시도 지체하지 않았다. 그녀는 날카로운 고함을 내지르며 잇달아 이 얼음 덩어리에서 저 얼음 덩어리로 건너뛰었다. 건너뛸 때마다 얼음 위에서 미끄러지며 비틀거렸지만, 결코 넘어지지 않았다. 구두는 이미 벗겨졌고 스타킹은 찢어졌으며 핏자국이 얼음 위에 선명하게 찍혔다. 그녀에게는 아무것도 보이지 않고 아무 소리도 들리지 않았으며 아무런 느낌도 없었다. 마침내 건너편 오하이오강 둑에 도착하자 그녀는 마치 꿈속에서인 양 둑을 올려다보았고 웬 사내가 자신을 둑 위로 끌어올리는 것을 알 수 있었다.

"정말 용감한 여자로군. 정말 용감해!"

그 사내가 마치 자신에게 다짐하는 것 같은 말투로 말했다.

엘리자가 고개를 들어보니 농부 차림의 사내 모습이 보였다. 그녀가 알고 있던 사내였다. 그는 셸비 농장에서 멀지 않은 곳에 농장을 소유하고 있는 사람이었다.

"오, 시메스 씨, 저 좀 살려주세요. 저 좀 숨겨주세요!"

"아니, 셸비 씨 농장의 하녀 아니냐?"

"제 아이, 이 아이를 그분이 팔아버리셨어요. 저기 새 주인이 있어요."

그녀가 손가락으로 켄터키주 쪽 강변을 가리키며 말했다.

"오, 시메스 씨! 나리에게도 어린 자식이 있잖아요."

그러자 시메스 씨가 말했다.

"있지. 너를 도와주고 싶어. 하지만 너를 데리고 갈 수는 없어. 내가 해줄 수 있는 말은 저기 저 집으로 한번 가보라는 말밖에 없구나. 저 집 사람들은 친절하니까 너와 네 아이를 도와줄지도 몰라."

시메스 씨는 엘리자를 보내주었고 그녀를 고발하지도 않았다. 그가 유달리 친절한 사람이라서가 아니었다. 그냥 남의 일에 시시콜콜 끼어들기가 싫었고 약간은 종교적인 양심에 걸렸기 때문이다. 하지만 그가 좀 유식해서 도망노예법에 대해 잘 알고 있었다면 결코 엘리자를 돕지 않았을 것이다. 엘리자에게는 천만다행으로 그는 좀 무식한 사람이었다.

헤일리는 건너편 강둑에서 입을 딱 벌린 채 그 광경을 멍하니 바라보는 수밖에 없었다. 그가 애꿎게 샘과 앤디에게 채찍을 휘두르며 화풀이를 했지만 둘은 교묘하게 매를 피한 뒤 강

둑으로 올라 말을 타고 사라졌다. 홀로 남은 헤일리는 강둑의 여관으로 터덜터덜 걸어갔다.

여관에 이르자 여주인이 문을 열어주며 작은 식당으로 그를 안내했다. 바닥에는 헝겊으로 된 양탄자가 깔려 있었고, 번들거리는 검은 식탁보가 깔린 식탁이 하나 놓여 있었다. 헤일리는 난로 옆 소파에 앉아 욕설을 해대기 시작했다.

"제길, 이게 무슨 고생이야! 내가 저런 재수 없는 깜둥이 새끼를 왜 사려고 한 거지?"

이어서 그는 자신을 질책하며 마음을 가라앉히려 애썼다.

우리는 그곳에서 그가 톰 로커와 마크스라는 도망 노예 사냥꾼들을 만났다는 이야기를 잠깐 해야겠다. 헤일리는 그들에게 도망친 노예들을 잡아달라고 부탁했다. 물론 공짜는 아니었다. 그들이 도망친 엘리자를 잡게 되면 그 아들만 자기에게 넘겨주고 엘리자는 그들 소유로 해도 좋다는 조건이었다. 요즘으로써는 상상하기도 힘들지만, 당시 도망 노예를 추적하는 직업은 합법적이었고 애국적이라는 칭송까지 듣고 있었다. 만일 미시시피강에서 태평양에 이르기까지 광활한 지역이 모두 거대한 노예시장이 되고, 노예들이 그때처럼 여전히 계속 도망을 가게 된다면 아마 도망 노예 사냥꾼들은 귀족 칭호를 받게 될지도 모를 일이다.

제7장 어느 인간적인 상원 의원

  벽난로의 환한 빛이 아늑한 작은 살롱의 벽지와 양탄자를 밝게 비추고 있었다. 버드 상원 의원은 구두를 벗고 폭신한 슬리퍼에 발을 집어넣었다. 버드 의원이 며칠 동안 출장을 가 있는 동안 아내가 준비한 것이었다.

  장난치는 아이들을 다루고 있던 아내가 겨우 아이들이 잠잠해지자 남편에게 물었다.

  "상원에서 무슨 법안을 준비한다지요?"

  평소 집 안에서 해야 할 일만으로도 너무 일이 많다고 생각해오던 아내가 주 상원의 일을 묻는 것은 아주 드문 일이었다.

  버드 의원은 깜짝 놀라며 대답했다.

  "별로 중요한 건 아니야."

"남쪽에서 이곳으로 건너온 불쌍한 흑인들에게 마실 것과 먹을 것을 주는 걸 금지하는 법을 준비하고 있다는데, 사실이 아니지요? 여보, 그런 법률이 통과되면 안 돼요."

"켄터키주 쪽에서 건너온 노예들을 돕지 말자는 법률이오. 노예 폐지론자들 때문에 흥분한 켄터키주 사람들을 가라앉히기 위한 법률이라오. 이미 통과되었소."

"아니, 도대체 무슨 법이 불쌍한 사람 하룻밤 재우고 먹여서 제 갈 길 보내주는 걸 막는 거지요? 무슨 법이 그래요?"

"어쨌든 여보, 그런 짓을 하면 공범이 되는 셈이오."

부인은 수줍음도 잘 타고 겁도 많은 순한 여자였지만 그녀의 온유한 성격에 반하는 행동, 예컨대 잔인한 행동에 대해서는 아주 강력하게 반발하는 사람이기도 했다. 그녀가 남편에게 말했다.

"여보, 당신 부끄러운 줄 알아야 해요! 집도 없고 친구도 없는 사람들에게! 정말 끔찍하고 사악한 법이에요. 폐기해야만 해요. 내가 그 법을 제일 먼저 어기겠어요. 난 당신이 하는 정치에 대해서는 아무것도 몰라요. 하지만 굶주린 사람을 먹여주고 헐벗은 사람을 입혀주고 슬픔에 우는 사람을 위로해주라는『성경』구절을 읽을 수는 있어요. 여보, 존! 나는 당신을 잘 알아요.

당신이라면 그러겠어요? 당신도 나 못지않게 그 법률이 옳지 않다는 걸 잘 알잖아요."

부인의 말대로 버드 의원은 아주 인간적이고 자상한 성격의 소유자였다. 그는 아내의 말에 헛기침할 수밖에 없었다.

바로 그때였다. 집안의 집사 격인 흑인 하인 쿠조가 문을 열더니 부인에게 부엌으로 한번 가보라고 말했다. 버드 의원은 그 틈을 타서 아내를 묘한 시선으로 바라보다가 안락의자에 파묻혀 신문을 읽기 시작했다.

얼마 후 문 밖에서 아내의 다급한 목소리가 들렸다.

"여보, 어서 빨리 이리 좀 와봐요."

그는 신문을 내려놓고 부엌으로 갔다. 그리고 눈앞에 펼쳐진 광경을 보고 아연했다. 벽난로 앞, 두 의자를 붙여놓은 곳에 한 여자가 거의 기절한 듯 누워 있었다. 옷이 찢어져 몸은 얼어붙었고 구두는 한 짝밖에 없었으며 다리에는 피가 흐르고 스타킹은 찢겨나가 있었다. 비록 처참한 몰골이었지만 얼굴의 아름다움은 그대로 드러나 있었다. 아내와 가정부가 여자를 살리기 위해 황급히 손을 쓰고, 쿠조 영감은 아이의 구두와 양말을 벗긴 뒤 작은 발을 비벼주고 있었다.

다이나 할멈이 혀를 끌끌 차며 말했다.

"갑자기 따뜻한 곳으로 들어와서 정신을 잃은 것 같아요. 문을 두드리며 잠시 여기서 몸을 녹일 수 없겠냐고 물을 때만 해도 괜찮았어요. 그런데 이렇게 금방 기절해버렸어요."

이윽고 여자가 검은 눈을 천천히 뜨더니 주위를 둘러보았다. 그러자 버드 부인이 말했다.

"불쌍해라! 아무것도 겁낼 것 없어. 우린 친구들이야. 어디서 왔지? 어찌 된 일이지? 어서 말해봐."

"켄터키주에서 왔어요."

이어서 버드 의원이 물었다.

"언제?"

"오늘 저녁에요."

"어떻게 온 거지?"

"얼음 위를 건넜어요."

"얼음 위를!"

주변에 있던 사람들이 모두 소리쳤다.

다시 버드 의원이 물었다.

"노예였나?"

"네, 나리. 켄터키주의 어떤 농장에 있었습니다."

"주인이 나쁘게 대했나?"

"아뇨, 좋으신 분이었습니다."

"그러면 여주인이 심술궂었나?"

"아뇨, 정말 제게 잘해주셨습니다."

"그렇다면 왜 그런 좋은 집에서 도망을 쳐서 이런 위험한 일을 겪는 건가?"

여인은 버드 부인의 모습을 조심스럽게 살펴보았다. 그녀는 상복을 입고 있었다.

그녀가 부인에게 물었다.

"마님, 혹시 아이를 잃으신 적이 없으신지요?"

뜻밖의 그녀의 질문에 두 사람의 상처가 생생하게 되살아났다. 그들이 사랑스러운 아이를 묻은 지 채 한 달도 되지 않은 것이었다.

버드 부인은 겨우 침착함을 되찾은 뒤 그녀에게 물었다.

"왜 그런 걸 묻는 거지? 얼마 전에 막내를 잃었어."

"그렇다면 마님은 저를 불쌍하게 생각해주실 거예요."

이어서 엘리자는 모든 사연을 이야기해주었다. 자기가 두 아이를 연거푸 잃었고 이제는 저 아이 하나밖에 없다는 것, 주인이 저 아이를 다른 곳에 팔려 해서 자기가 도망칠 수밖에 없었다는 이야기를 모두에게 들려주었다.

그녀의 이야기에 모두 눈물을 흘렸다. 정치가이기에 마음대로 울 수가 없는 버드 의원도 등을 돌리고 창밖을 내다보며 헛기침을 했고, 손수건으로 안경을 닦았다. 때때로 코를 푸는 것이 누가 보기에도 울고 있다는 의심을 사기에 충분했다.

잠시 후 버드 부인이 엘리자에게 물었다.

"남편은 없어?"

"있어요. 하지만 주인이 달랐어요. 그 사람은 모진 주인을 피해 캐나다로 간다고 했어요. 저도 캐나다로 갈 작정이에요. 그런데 거기가 어딘지도 몰라요. 캐나다는 여기서 먼가요?"

"가엾게도…… 아주 멀어. 하지만 우리가 도와줄 방법을 생각해볼 테니까, 오늘 밤은 여기서 푹 쉬도록 해."

버드 부부는 다시 거실로 돌아왔다. 그러자 버드 의원이 아내에게 말했다.

"여보, 저 여자를 오늘 밤 안으로 다른 곳으로 옮겨야 해. 추적대가 내일 아침 일찍부터 추적에 나설 게 틀림없거든."

"오늘 밤에요? 그게 가능하겠어요? 도대체 어디로?"

버드 의원은 "데려다줄 만한 데가 있어"라는 말과 함께 장화에 발을 집어넣으며 말을 이었다.

"옛날에 내가 변호사로 일할 때 의뢰인 중에 밴 트럼프라고 하는 사람이 있었어. 켄터키주에서 이리로 건너온 사람인데, 데리고 있던 노예들을 모두 해방한 사람이야. 여기서 강 위쪽 11킬로미터쯤 되는 곳에 농장을 사서 경영하고 있어. 아주 외진 곳이라 아는 사람이 일부러 찾아가기 전에는 발견할 수 없는 곳이지. 거기라면 안전할 거요. 이 밤중에 마차를 몰 사람도 없으니 내가 직접 몰고 가겠소."

그러자 부인이 자그마한 하얀 손을 남편의 손 위에 올리며 말했다. 눈에는 눈물이 그득했다.

"여보, 당신의 가슴이 당신의 머리를 이겼군요. 여보, 제가 당신 자신보다 당신을 더 잘 알지요? 그래서 제가 당신을 이렇게 사랑하나봐요."

남편은 아름다운 아내를 그윽한 눈으로 바라보았다. 아내가 이보다 더 아름다울 수는 없었다. 아, 이렇게 아름다운 여자가 자기를 사랑하다니. 그는 자기 자신에 대해 자부심을 느꼈다. 그는 마차를 준비하기 위해 밖으로 나가려다 잠시 멈춰 서더니 망설이듯 아내에게 말했다.

"여보, 메리. 당신이 어떻게 생각할지 모르지만, 저 서랍에 들어 있는 우리 그 귀여운 헨리의 물건들……."

아내는 남편의 말을 금세 알아들었다. 그녀는 서랍에서 세상을 떠난 아이의 옷가지들을 꺼내 정성스럽게 늘였고 그사이 남편은 마차를 준비했다. 그 작업은 시계가 12시를 칠 때까지 계속되었다.

그녀는 옷과 기타 도움이 될 물건들을 작은 트렁크에 집어넣고 마차에 실으라고 남편에게 전한 뒤 여자를 깨우러 갔다. 곧 엘리자가 부인이 마련해준 겉옷과 모자, 숄을 걸치고 아이를 껴안은 채 문 앞에 나타났다.

마차에 오른 후 그녀는 마차 밖으로 팔을 내밀었다. 뭔가 말하려는 듯 입을 움직였지만 말이 나오지 않았다. 다만 이루 형언할 수 없는 감사의 표정을 짓더니 의자에 털썩 주저앉으며 두 손으로 얼굴을 감싸 쥐었다. 이윽고 마차가 출발했다.

도망 노예들을 감싸주는 자들을 엄격하게 단속하는 법률을 통과시키기 위해 1주일 내내 노력해온 애국적인 상원 의원 나리께서, 직접 도망 노예를 도피시키는 참으로 기가 막힌 장면이었다. 그로서는 난처하기 그지없었을 것이다. 다만 그날 한밤중의 도주 길은 참으로 험난했기에 버드 의원과 엘리자 모자의 고생은 이루 말할 수 없었고, 버드 의원은 그 고행을 통해 자신의 죄가 어느 정도 속죄되었을 것이라며 자신을 위안했다.

어쨌든 그들은 고생 끝에 존 밴 트럼프의 농장에 도착할 수 있었다. 그는 전에 켄터키주에서 상당한 땅과 노예를 소유하고 있던 대지주였다. 덩치만큼 마음도 넓었던 그는 노예제도가 가해자나 피해자 모두에게 나쁜 영향을 미칠 뿐이라는 것을 깨닫고는 도저히 그런 불의를 용납할 수 없다고 생각했다. 그는 오하이오주로 건너와 아주 비옥한 넓은 땅을 사들이고는 노예들을 자유민으로 만들어주는 「문서」를 작성한 후 그들을 모두 그곳에 정착시켰다. 그리고 자신은 이 은둔처로 은퇴한 것이다.

그는 엘리자 모자를 받아들이면서 버드 의원이 수색대가 올지 모른다고 걱정하자 씩씩하게 답했다.

"수색대가 온다면 맞을 준비가 다 되어 있지요. 내게는 건장한 아들이 일곱이오. 수색대에 안부나 전해주시지요. 언제 들이닥쳐도 환영이라고."

이쯤 되었으니 당분간 엘리자 모자의 걱정은 접어두고 우리의 눈길을 다른 곳으로 돌려보자.

제8장 톰 아저씨, 물건처럼 실려가다

톰 아저씨의 오두막에서 내다본 하늘은 흐린데다 안개까지 자욱했다. 사람들의 슬픈 마음을 그대로 보여주는 낙담한 표정이었다. 새로 다림질한, 낡았지만 깨끗한 셔츠 두 장이 난로 옆 의자 위에 놓여 있었다. 클로이 아줌마는 세 번째 셔츠를 다리는 중이었다. 그녀는 다림질하면서 연신 왼손을 들어 올려 뺨 위로 흐르는 눈물을 닦았다. 톰 아저씨는 성경을 무릎 위에 펼쳐놓은 채 손으로 머리를 괴고 앉아 있었다.

클로이 아줌마가 말했다.

"이제 당신 옷을 챙겨야겠어요. 당신 관절염 도질 때 입는 플란넬 바지도 이 밑에 넣었어요. 이제는 당신 옷을 챙겨줄 사람이 없으니 잘 기억해두세요. 이 아래 입던 셔츠들이 있고, 그 위에 새 셔츠들이 있어요. 양말은 어젯밤에 다 기웠어요. 오, 하나님, 이제 누가 양말을 기워줄까요?"

클로이 아줌마는 채 말을 끝내지 못하고 흐느꼈다.

그제야 아이들도 사태를 깨닫고 어머니와 아버지를 번갈아 바라보며 눈물을 글썽였다. 톰은 갓난아기를 무릎에 올려놓았다. 아기는 아빠의 얼굴을 긁거나 머리카락을 잡아당기며 재롱을 부렸고 까르르 웃음을 터뜨리기도 했다. 그러자 클로이 아줌마가 눈물을 훔치며 말했다.

"그래, 불쌍한 것, 실컷 웃고 좋아하려무나. 너도 언젠가 나 같은 신세가 될 테지. 나처럼 남편이 팔려나가는 꼴을 보거나, 아니면 네가 팔려나가겠지. 네 오빠도 마찬가지이고…… 검둥이에게는 자식이고 뭐고 아무것도 없는 게 최고야!"

그때 밖을 내다보고 있던 모세가 소리쳤다.

"마님이 오신다!"

셸비 부인이 안으로 들어오더니 의자에 털썩 주저앉아 흐느끼기 시작했다. 그러자 클로이 아줌마가 부인과 함께 울었다. 겨우 울음을 멈춘 부인이 톰에게 말했다.

"톰, 자네는 정말 착한 사람이야. 하지만 내가 자네에게 해줄 수 있는 건 아무것도 없어. 돈을 좀 주고 싶지만 그러면 저들이 빼앗아가겠지. 하지만 하나님 앞에서 이것 하나만은 맹세할 수 있어. 자네가 어디로 가든 무슨 수를 써서라도 알아낼 거야. 그리고 우리가 돈을 벌면 반드시 자네를 되찾아올 거야. 그때까지 하나님을 믿고 기다려야 해!"

그때 헤일리가 문을 확 열어젖혔다. 도망간 노예를 잡지 못해 잔뜩 부아가 치밀어 있었다.

"이봐, 검둥이! 준비됐어?"

그는 셸비 부인의 모습을 보고는 모자를 벗어 간단히 목례한 후, 다시 톰을 재촉했다. 톰은 순순히 자리에서 일어나면서 묵직한 트렁크를 어깨에 걸쳐 멨다. 클로이 아줌마는 갓난아기를 품에 안은 채 그의 뒤를 따랐고, 아이들도 울면서 마차까지 따라갔다. 마당에는 농장의 모든 일꾼이 작별 인사를 하려고 모여 있었다. 모두 슬픈 얼굴이었다.

톰이 마차에 오르자 헤일리는 마차 좌석 아래에서 무거운 족쇄 한 짝을 꺼내 톰의 양발에 채웠다. 사람들 사이에서 분노의 신음이 터져나왔고, 셸비 부인이 앞으로 나서며 말했다.

"헤일리 씨, 그러실 필요 없어요. 내가 보장해요."

"알 수 없는 노릇이지요. 난 여기서 500달러를 잃어버렸어요. 더는 모험을 할 수는 없지요."

그러자 톰이 셸비 부인에게 말했다.

"마님, 조지 도련님을 못 보고 떠나서 아쉽습니다."

조지는 이 슬픈 소식을 알기 전에 이삼 일 친구 집에 놀러 가 있었다. 그래서 톰이 팔려간다는 사실을 모르고 있었다.

"마님, 도련님께 안부를 전해주십시오."

헤일리는 말에 채찍질했고 톰은 슬픈 얼굴로 정든 집을 바라 보며 떠나갔다. 셸비 씨는 그 유쾌하지 못한 광경을 보고 싶지 않아 자기가 돌아왔을 때는 모든 것이 끝나 있기를 바라며 외 출 중이었다.

그들이 얼마 길을 가지 않아서였다. 헤일리는 마차를 멈추고 노예들에게 채울 수갑을 장만하려고 대장간으로 들어갔다. 그 때였다. 갑자기 뒤에서 급한 말발굽 소리가 들려왔다. 그리고 잠시 후 소년 한 명이 마차 안으로 뛰어들었다. 조지였다. 그는 톰의 목을 양팔로 껴안고 흐느끼기 시작했다.

"말도 안 돼! 이건 창피한 짓이야! 내가 어른이었다면, 절대 로…… 절대로…… 이런 짓은 하지 않았을 거야!"

그러자 톰이 말했다.

"오, 도련님! 도련님을 보고 갈 수 있어서 다행이에요. 도련 님은 제게 정말 잘해주셨지요."

톰이 몸을 움직이자 발에 채운 족쇄가 조지에게 보였다.

"무슨 이따위 짓을! 내가 저 나쁜 놈을 패버리겠어!"

"도련님, 그러면 안 됩니다. 저 사람을 화나게 해봤자 제게는 아무 도움이 안 됩니다."

"그래, 아저씨를 봐서 참을게. 아저씨, 내가 1달러짜리 은전에 구멍을 뚫고 줄을 매어 왔어. 아저씨 목에 꼭 걸고 있어야 해. 내 생각을 하란 말이야. 그리고 아저씨, 내가 아버지를 졸라서 아저씨를 꼭 되찾아올 거야. 약속해."

"도련님, 고마워요. 도련님, 이것 말고 또 약속해주세요. 꼭 어머니 말씀을 잘 듣고 착한 사람이 되는 겁니다. 그리고 점잖은 말을 쓰는 훌륭한 신사가 되어야 해요. 약속할 수 있지요? 내가 이런 말을 했다고 기분 나쁘지는 않지요?"

"그럼. 톰 아저씨는 언제나 좋은 말만 해주잖아. 난 정말 좋은 사람이 될 거야. 톰 아저씨, 약속할게."

그때, 대장간에 들렀던 헤일리가 수갑을 손에 든 채 마차로 돌아왔다. 조지가 마차 밖으로 나가면서 위엄 있게 그에게 말했다.

"평생 사람들을 사고파는 일이나 하고, 그들을 가축처럼 묶어놓는다는 게 부끄럽지도 않아요?"

"아니, 이 검둥이를 판 사람이 누군데? 그런 사람이 나보다 나은 게 뭐가 있나? 파는 사람이나 사는 사람이나 다 마찬가지야."

그러자 조지가 고함을 질렀다.

"나는 절대로 사람을 팔거나 사지 않을 거예요! 나는 이제까지 내가 켄터키주 사람이란 걸 자랑스러워했어요. 하지만 이제는 부끄러워요."

조지는 말 위에 올랐다. 그리고 모든 켄터키주 사람들이 자기 이야기에 동의해주기를 바란다는 듯 허리를 꼿꼿하게 세우고 주위를 둘러보았다.

조지가 톰에게 인사했다.

"톰 아저씨, 안녕!"

"잘 있어요, 조지 도련님!"

톰은 말발굽 소리가 들리지 않을 때까지 고개를 돌리고 멀어지는 조지의 뒷모습을 지켜보았다. 고향의 마지막 소리요, 마지막 풍경이었다. 하지만 그는 가슴이 따뜻해지는 것을 느꼈다. 거기에는 조지가 걸어준 은전 목걸이가 있었다. 그는 은전으로 손을 가져가, 가슴에 대고 꼭 눌렀다.

제9장 자유를 얻은 어느 물건

짙은 안개가 끼어 있는 늦은 오후, 한 여행객이 켄터키주 N 마을의 어느 허름한 여관 문 앞에 도착해 마차에서 내렸다. 날씨가 궂은 탓인지 여관 안의 바에는 사람들로 북적이고 있었다.

안으로 들어선 사람은 신사복을 정성스럽게 갖춰 입은 땅딸막한 체구의 나이가 든 사람이었다. 실내 벽에는 커다란 포스터가 한 장 걸려 있고 여러 사람들이 그 앞에 모여 있었다. 나이 든 신사는 그쪽으로 다가가며 그중 한 사람에게 물었다.

"저게 뭐지요?"

그러자 그 사내가 대답했다.

"도망간 검둥이를 수배하는 공고요."

윌슨 씨-나이 든 신사의 이름이었다-는 여행용 손가방과

우산을 내려놓은 다음 천천히 안경을 꺼내 코에 걸치고 「공고문」을 읽었다.

> 노예 조지가 아래 서명한 사람으로부터 도망했음. 키 183센티미터에 살결이 희고 갈색 곱슬머리를 한 물라토임. 똑똑하고 말을 잘하며 읽고 쓸 줄 아는 자임. 백인 행세를 할 것이 틀림없음. 등과 어깨에 깊은 상처가 있고 오른쪽 손바닥에 H라는 낙인이 찍혀 있음. 산 채로 그를 잡아 오면 400달러의 포상금을 주겠음 그를 죽였다는 확실한 증거를 가져와도 같은 금액을 지급하겠음.

월슨 씨는 마치 연구라도 하듯이 그 「공고문」을 처음부터 끝까지 찬찬히 읽었다. 그러자 그 옆에 있던 남자가 말했다.

"무슨 저런 공고를! 우리 켄터키주의 수치야! 나도 애들을 좀 데리고 있지만 난 가고 싶으면 얼마든지 가라고 말해요. 나는 「노예해방 문서」도 미리 마련해놓고 있어요. 내가 죽을 때를 대비해서 말입니다. 사람이란 언제 죽을지 모르는 노릇 아니겠어요? 애들을 개처럼 대하면 애들이 개가 되는 겁니다. 사람으로 대접해야 사람이 되는 거지!"

그러자 윌슨 씨가 대꾸했다.

"당신 말이 옳습니다. 저기 공고에 나온 청년은 아주 훌륭한 청년입니다. 제가 보증합니다. 제가 운영하는 포대 자루 공장에서 6년 동안 일했거든요. 아주 똑똑한 친굽니다. 대마 껍질 까는 기계를 발명하기도 했어요. 그 특허권을 저 친구 주인이 가져가버렸지요."

옆에서 그들 이야기를 듣고 있던 사람이 한마디했다.

"주인이 돈깨나 챙겼겠군요. 하지만 나는 똑똑한 흑인은 필요 없어요. 그런 친구는 대개 건방진데다 헛바람이 들기 마련이니까요."

이어서 윌슨 씨를 빼놓고 두 사람 사이에 한바탕 논쟁이 벌어졌다.

그때였다. 한 마리 말이 끄는 우아한 마차가 여관 앞에 멈추자 둘 사이의 대화가 중단되었다. 잘 차려입은 신사가 뒷좌석에 앉아 있었고, 마부는 흑인이었다.

그 신사가 여관 안으로 들어오자 모두 젊은데다가 잘생긴 이 낯선 사내를 향해 시선을 돌렸다. 그는 사람들 앞으로 걸어와 자신을 셸비 카운티의 오클랜드에서 온 헨리 버틀러라고 소개한 후 「공고문」을 읽었다.

그는 「공고문」을 읽은 후 하인에게 말했다.

"짐, 이 비슷한 걸 버넌에서도 본 것 같지?"

"네, 주인님, 본 것 같습니다. 하지만 손에 낙인이 있다는 건 못 본 것 같은뎁쇼."

자칭 버틀러라고 한 사람은 여관 주인에게 가더니 급히 작성할 서류가 있으니 독방을 내달라고 말했고, 주인은 여부가 있느냐고 굽신거렸다.

포대 자루 공장 사장 윌슨 씨는 그가 들어설 때부터 약간 당황한 표정을 한 채 호기심에 가득 찬 눈으로 그를 면밀히 바라보고 있었다. 꼭 어디선가 만난 것 같은 느낌이 들었지만 그게 어디인지는 도무지 생각이 나지 않았다. 신사는 빤짝거리는 눈으로 아무렇지도 않게 윌슨 씨를 쳐다보았다. 그러자 윌슨 씨는 갑자기 정신이 번쩍 들었다. 그는 놀랍고도 당황한 표정으로 그 신사를 다시 올려다보았다.

신사가 카운터에서 윌슨 씨 앞으로 다가오더니 손을 내밀며 말했다.

"윌슨 씨이시지요? 진작 알아뵙지 못해 죄송합니다. 저는 오클랜드에서 온 버틀러입니다. 괜찮으시다면 선생님과 제 방에서 잠시 업무에 관해 이야기를 나누고 싶습니다."

윌슨 씨는 마치 꿈이라도 꾸는 듯 그의 뒤를 따랐다. 방에 이르자 젊은이는 문을 잠그고 열쇠를 주머니에 넣었다. 그리고 몸을 돌리더니 윌슨 씨를 똑바로 바라보았다.

윌슨 씨가 소리쳤다.

"조지!"

젊은이가 대답했다.

"네, 조지입니다."

"꿈에도 생각하지 못했어."

"변장 잘했지요? 그렇지요?"

젊은이가 의기양양하게 미소를 지으며 말했다.

"호두 껍데기로 노란 얼굴을 좀 갈색이 돌게 만들었어요. 머리도 염색했고요. 그래서 저 「공고문」의 사람과는 완전히 달라졌지요."

"조지, 자네 지금 위험한 장난을 벌이고 있는 거야!"

우리는 여기서 조지의 아버지가 백인이었음을 지적해야겠다. 미모의 흑인이었던 그의 어머니는 소유주의 성적 노리개가 되었고, 그 결과가 조지였다. 그는 유럽인의 외모를 물려받았고, 어머니로부터는 물라토의 피부색만 약간 물려받은 정도였다.

윌슨 씨는 방안을 왔다 갔다 하면서 말했다. 선량한 그는 조지를 도와주려는 마음과 법을 지켜야 한다는 마음 사이에서 갈등을 느끼고 있었다.

그가 마침내 작심한 듯 말했다.

"조지, 자네가 자네 나라의 법에 정면으로 대치하고 있다는 건 유감이야."

"제 나라라고요? 제게 무슨 나라가 있나요? 차라리 무덤 속이 제 나라이지요."

"조지, 자네가 지독한 주인을 만났다는 건 나도 알아. 하지만 『성경』에 따르면……."

"사장님, 그런 식으로 『성경』을 들먹이지 말아주십시오. 제 아내는 기독교 신자이고 저도 캐나다에 가면 신자가 될 생각이었습니다. 하지만 저 같은 처지에 처한 사람에게 『성경』을 인용하는 건 차라리 하나님을 멀리하라고 하시는 것과 같습니다. 저는 제 사건을 하나님 앞으로 가져가서 묻고 싶은 심정입니다. 저 같은 상황에서는 도망을 치는 게 하나님의 뜻이 아닐까요?"

윌슨 씨는 잠시 생각에 잠겼다. 그가 아무 말도 하지 않는 것은 상대방의 말에 동조한다는 뜻이기도 했다. 그가 다시 입을 열었다.

"조지, 난 늘 자네의 친구였지. 내가 자네에게 그런 말을 한 건 다 자네를 위해서라네. 지금 자네는 너무 위험해. 만일 자네가 잡힌다면 전보다 훨씬 못한 상태로 굴러떨어질 거야. 자네를 절반쯤 죽인 다음에 저 아래로 팔아넘길 거라고."

"사장님, 저도 잘 알고 있습니다. 저는 준비가 다 되어 있어요. 절대로 저 아래로 팔려가는 짓은 당하지 않을 겁니다. 그런 상황이 오면 제 한 몸 크기 정도의 자유로운 땅을 갖게 되겠지요. 아마 그건 켄터키주에서 제가 소유한 최초의 땅이 될 것입니다."

말과 함께 그는 두 자루의 권총과 사냥용 칼을 내보였다.

"하지만 그건…… 그건…… 너무 위험한 생각이야. 하나님 말씀에도 어긋나고……."

조지는 윌슨 씨 옆에 가까이 앉으며 말했다.

"사장님, 제 얼굴을 보십시오. 제 손과 몸을 보세요. 저도 사장님과 똑같은 사람이 아닌가요? 왜 저는 다른 사람들과 똑같은 대접을 받지 못하는 거지요? 제게도 아버지가 있었어요. 그런데 그 아버지라는 사람은 「유언장」에 저와 개와 말을 함께 팔아넘기라고 썼습니다. 제 어머니가 일곱 아이와 함께 공매에 붙여지는 걸 제가 보았습니다. 저는 그 일곱 아이 중 막내였습니다. 저는 저를 아끼던 에밀리 누님이 팔려가는 것을 눈물을 흘리며 보았습니다. 그때 저는 가족들과 헤어져 한 마리 들개처럼 자랐습니다. 매질과 굶주림만이 제가 받을 수 있는 전부였습니다. 저는 헤어진 어머니와 누나들을 생각하며 매일 울었습니다. 그런데 제가 사장님을 만났습니다. 사장님은 제게 글도 가르쳐주셨고 일도 배우게 해주셨습니다. 그리고 그런 가운데 사랑스런 아내도 만났습니다. 그런데 그 소중한 아내와 일을 이 나라의 법이 빼앗아갔습니다. 제게는 아버지가 없듯이 조국도 없습니다. 전 이 나라를 빠져나가 캐나다로 갈 작정입니다. 저를 한 개인으로 인정하고 보호해주는 그곳이 제 나라가 될 것입니다."

조지의 일장연설에 감동한 윌슨 씨는 손수건을 꺼내어 눈물을 닦았다. 그러더니 그가 갑자기 소리를 질렀다.

"빌어먹을 인간들! 그래! 정말 빌어먹을 인간들이야! 지옥에 떨어져 저주 받을 인간들이야! 그래, 조지! 자네 맘대로 하게! 하지만 조심해. 사람을 총으로 쏘면 안 되네. 그건 그렇고 조지, 자네 아내는 어디 있나?"

"도망갔답니다. 아이와 함께! 어디로 갔는지는 하나님만 아시겠지요. 아아, 우리가 다시 만날 수 있을지!"

"아니, 도망을? 그렇게 좋은 주인들에게서 도망을?"

"좋은 사람도 빚을 질 수는 있지요. 이 나라 법은, 빚을 갚기 위해 아이를 엄마와 떼어내어 파는 걸 허용하고 있고요."

윌슨 씨는 고개를 끄덕이더니 주머니에서 지폐 다발을 꺼내어 조지에게 건네주었다.

"안 됩니다, 사장님! 사장님은 이미 제게 많은 걸 주셨습니다. 이러시다가는 사장님이 곤란한 처지에 빠지실 수도 있습니다. 제게도 필요한 만큼의 돈은 충분히 있습니다."

"아니야, 제발 받게. 이 돈이 큰 도움을 줄 때가 있을 거야. 정직하게 번 돈은 아무리 많아도 괜찮은 법이야. 자, 내 마음을 받는 셈 치고 이 돈을 받게."

"그렇다면 언제고 갚겠다는 조건으로 받겠습니다."

"그런데 저 흑인 친구는 누군가?"

"좋은 친구입니다. 몇 개월 전에 캐나다로 건너갔지요. 그런데 전 주인이 저 친구 어머니를 너무 학대한다는 소식을 듣고 어머니를 데려가려고 다시 온 거예요. 아직 어머니를 구하지는 못했어요. 그가 저와 함께 오하이오주로 가서, 그를 도와주었던 친구들을 제게 소개해줄 겁니다. 그런 후 다시 어머니를 구하러 이리로 올 겁니다. 사장님은 위험하다고 생각하시겠지만 짐은 이 일대에 얼굴이 알려지지 않은데다가 저를 알아볼 사람은 아무도 없습니다."

윌슨 씨가 머뭇거리자 그가 계속 말했다.

"만일 제 아내를 만나게 되시면 정말 사랑했다고 전해주세요. 그리고 무슨 수를 써서라도 꼭 캐나다로 가라고 전해주세요. 저는 내일 아침 이곳을 떠납니다. 만일 제가 잡혔다는 소식이 들린다면 그건 곧 제가 죽었다는 소식인 걸로 알아주십시오."

조지는 바위처럼 우뚝 일어서서 마치 왕자처럼 윌슨 씨에게 손을 내밀었다. 윌슨 씨는 다정하게 그 손을 맞잡았다.

제10장 퀘이커교도 정착촌

이제 우리 앞에 경건하고 평화로운 풍경이 펼쳐진다. 널찍한 부엌의 반질반질하고 매끄러운 마룻바닥에는 먼지 한 점 없었다. 거실 한가운데에는 흔들의자가 있었고 바로 그 의자에 우리의 엘리자가 몸을 앞뒤로 흔들면서 바느질을 하고 있었다.

엘리자 옆에는 부인 한 명이 앉아 있었다. 그녀는 무릎 위에 반짝이는 냄비를 올려놓고 말린 과일을 정리하고 있었다. 쉰다섯이나 예순 살쯤 되어 보였지만 세월이 흐를수록 더 맑아지고 순수해진 얼굴이었다. 사람들은 젊은 여자의 아름다움에 대해서는 칭송을 많이 한다. 하지만 나이 든 여자의 아름다움에 대해서는 왜 노래하지 않는지 모르겠다. 그런 아름다움에 대해 영감을 얻어 노래하고 싶은 사람이라면 꼭 한번 봐야 할 사람,

우리의 좋은 친구 레이철 할리데이가 바로 그런 사람이다. 그녀의 이마에는 세월의 흔적이 새겨져 있지 않았으며 오로지 온유한 사랑과 평화, 그리고 인간에 대한 선량한 의지만이 빛을 발하고 있었다.

레이철이 엘리자에게 물었다.

"엘리자, 넌 지금도 캐나다에 꼭 가야겠니?"

"네, 사모님. 가야만 해요. 멈춰 설 수가 없어요."

"네가 좋다고만 하면 얼마든지 여기 있을 수도 있는데?"

"감사해요. 하지만……."

그녀는 해리를 가리키며 말을 이었다.

"여기서는 편안히 잠을 잘 수가 없어요. 지난밤에도 그 남자가 마당으로 들어서는 꿈을 꾸었어요."

그녀는 말을 마치고는 몸을 부르르 떨었다.

"가엾은 것! 얘야, 그렇게 불안해할 필요 없어. 우리 정착촌에서 도망 다니는 사람을 빼내 가는 일은 절대로 있을 수 없어. 하나님이 허락하지 않으실 거야. 네 아들이 그 첫 번째 희생자가 되는 일은 없을 거야."

그때 문이 열리더니 키가 작고 통통한 여자가 문 앞에 나타났다. 머리에는 퀘이커교도 모자를 쓰고 있었다. 그녀를 보자 레이철이 반갑게 맞았다.

"오, 루스 스테드먼, 어서 와. 어떻게 지냈어?"

"잘 지냈어요."

"루스, 인사해. 엘리자 해리스야."

루스는 엘리자와 마치 오랜 친구인 양 반갑게 악수했다. 그리고 옆에 있던 해리에게 자신이 가져온 과자를 주었다.

"루스, 네 아이는 어디 있어?"

"함께 왔어요. 메리가 데리고 헛간으로 갔어요. 다른 아이들에게 소개해준다고요."

그때 문이 열리며 어머니를 닮아 커다란 갈색 눈을 한 메리가 루스의 아이와 함께 들어섰다. 이어서 이 집 주인인 시미언 할리데이가 챙 넓은 모자를 쓴 채 안으로 들어왔다.

"여보, 무슨 소식이라도 없어요?"

레이철이 오븐에 과자를 집어넣으며 물었다.

"있어. 피터 스테비스가 그러던데, 그들이 친구들과 함께 오늘 저녁 여기 올 거래요."

그 말과 함께 시미언이 엘리자에게 물었다.

"당신 성이 해리스라고 했지요?"

"네."

엘리자가 떨리는 목소리로 대답했다. 늘 공포에 사로잡혀 있는 엘리자는 자기의 도주를 알리는 「공고문」이 새로 붙은 것이나 아닌지 겁이 버럭 났다.

시미언이 밖으로 나가면서 "여보"라고 부인을 부르더니 따라나오라고 눈짓을 했다.

레이철이 밀가루 묻은 손을 비비며 뒤따라 나가서 물었다.

"무슨 일이에요, 여보?"

"저 여자 남편이 우리 정착촌에 들어와 있어요. 오늘 밤 이리로 올 거요."

레이철이 기쁜 표정을 감추지 못하고 물었다.

"정말이에요?"

"확실해요. 피터가 나이 든 여자 한 명과 남자 두 명을 데리고 왔는데, 그중 한 남자 이름이 조지 해리스래요. 내력을 들어보니 그 사람이 틀림없어요. 잘생기고 착한 사람이라더군."

"그래요? 그렇다면 당장 말해줘야 해요. 이렇게 망설일 필요가 뭐 있어요?"

레이철은 엘리자가 바느질을 하는 주방으로 다시 들어와 자그만 침실 문을 열더니 부드러운 목소리로 말했다.

"아가, 이리 들어온. 내가 네게 전해줄 소식이 있단다."

엘리자가 겁에 질린 표정으로 따라 들어오자 레이철이 엘리자를 끌어안으며 말했다.

"딸아, 하나님이 너를 긍휼히 여기셨구나. 네 남편이 노예의 땅에서 도망쳤다는구나. 오늘 저녁 친구들과 함께 이곳으로 올 거란다."

"오늘 밤! 오늘 밤!"

엘리자는 아무 정신이 없어 그 말만 되풀이할 뿐이었다. 하지만 그 말은 아무 의미도 없었다. 정신이 혼란스러울 뿐이었고 모든 것이 안갯속인 양 흐려졌다.

그녀가 다시 눈을 떴을 때, 그녀는 이불을 단정하게 덮은 채 침대에 누워 있었다. 그녀는 꿈꾸는 듯 나른한 상태에서 눈을 떴다. 오랫동안 너무나 무거운 짐을 들고 있다가 한순간에 놓아버린 느낌이었다. 그녀는 눈을 뜬 채 주위 사람들이 움직이는 모습을 바라보았다. 다른 방으로 통하는 문이 열리더니 하얀 식탁보가 씌워진 식탁이 보였고 노래하듯 폭폭 끓고 있는 찻주전자가 보였다.

루스가 과자 든 쟁반을 들고 바삐 움직이다가 해리의 손에 과자를 하나 쥐여주고 머리를 쓰다듬어준다. 어머니 같은 레이철이 침대 곁으로 오더니 이불깃을 당겨 바로 잡아준다. 루스의 남편이 들어오자 루스가 그에게 뭐라고 다정하게 속삭인다. 그들은 모두 테이블에 앉는다. 해리도 높은 의자에 앉아 있다. 그리고 들려오는 찻잔 부딪치는 소리, 찻잔을 받침에 놓으면서 가볍게 덜그럭거리는 소리.

그 모든 것들이 마치 꿈속에서인 양 뒤섞였다. 엘리자는 그것들을 바라보면서 곤하게 잠에 빠져들었다. 아이를 품에 안고 단 한 번도 제대로 잠을 자본 적이 없던 그녀가……

그녀는 아름다운 나라에 있는 꿈을 꾸었다. 초록색 해안, 아름다운 섬들, 반짝거리는 물, 친절한 사람들, 그곳에서 어린 아들이 자유롭고 행복하게 뛰어놀고 있었다. 그녀는 꿈결에 가까이 다가오는 남편 발소리를 들었다. 남편이 그녀의 어깨에 팔을 두르자 그의 눈물이 그녀의 얼굴에 떨어졌다. 그리고 그녀는 잠에서 깨어났다. 그것은 꿈이 아니었다. 그녀의 아이는 옆에서 곤히 잠들어 있었고, 그녀의 남편은 머리맡에서 흐느껴 울고 있었다.

다음 날 퀘이커교도의 집은 더없이 쾌활했다. 모두 레이철의 지휘 아래 아침 식사 준비를 했다. 마치 천상의 낙원에서 장미 잎사귀를 줍고 나무들을 다듬는 것 같았으며, 지상 어머니의 손길이 아니라 천상의 손길이 미치고 있는 것 같았다. 조지와 엘리자와 꼬마 해리가 식당으로 들어서자 모두 그들을 반갑게 맞았다.

드디어 모두 아침 식탁에 앉았다. 조지는 생전 처음으로 백인들과 동등하게 식탁에 앉았다. 처음에는 어색했다. 하지만 아침 햇살처럼 밝고 따뜻한 그들의 환대에 그 어색함은 안개가 사라지듯 사라져버렸다. 그 집은 정말로 정다운 집, 조지가 한번도 가져보지 못한 집, 언젠가 한번 꼭 가져보았으면 하는 그런 집, 그런 가정이었다.

시미언 주니어가 빵에 버터를 바르며 아버지에게 물었다.

"아버지, 또 발각되면 어쩌실 거예요?"

"벌금을 내면 되지."

"하지만 감옥에 갈 수도 있잖아요."

"그렇게 되면 너하고 엄마하고 농장을 관리하면 되잖니?"

그러자 조지가 말했다.

"선생님, 저희 때문에 선생님께서 곤란한 일을 겪지 않으시기를 바랍니다. 그렇게 되면 제가 너무 괴로울 것 같습니다."

"조지, 너무 걱정하지 마. 우리가 이렇게 하는 건 자네만을 위해서가 아니야. 하나님과 모든 사람을 위해서야. 자, 오늘 하루는 편히 쉬도록 하게. 오늘 밤 10시에 피니어스 플레처라고 하는 사람이 자네들을 다른 정착촌으로 데려가기 위해서 올 거야. 추적대가 자네 뒤를 바싹 뒤쫓고 있어서 지체하면 안 되네. 하지만 밤에 이동하는 게 안전하니까, 밤이 될 때까지 기다려야 하네."

제11장 에반젤린

　미시시피강! 프랑스 낭만주의 시인 샤토브리앙은 일찍이 미시시피강에 대해 꿈꾸지 않는 경이로운 동식물들 사이를 구불구불 흘러가는, 한결같이 고독한 강이라고 노래했다. 바다와 같이 광활한 그 강 위에서 석양의 기운 해가 가볍게 흔들리고 있었다. 승객과 화물을 가득 실은 증기선이 강물을 따라 묵직하게 앞으로 나아감에 따라, 배에 실린 사탕수수, 사이프러스 나무 들이 석양빛을 받아 밝게 빛나고 있었다. 갑판과 뱃전에 여러 농장에서 받아들인 목면 덩어리들이 잔뜩 실려 있어서, 멀리서 보면 증기선은 꼭 네모난 잿빛 덩어리처럼 보였다.

　이 혼잡한 갑판의 한구석, 쌓인 짐 위에 우리의 친구 톰이 있었다. 셸비 씨가 「추천서」를 잘 써준데다, 톰의 성격 자체가 워

낙 온순하고 조용했기에 헤일리 같은 자도 결국 그를 믿게 되었다. 물론 처음에는 감시도 철저했고 밤이면 반드시 족쇄를 채웠다. 하지만 그가 아무 불평도 없이 모든 것을 참아내자 헤일리는 족쇄를 채우지 않게 되었고, 톰은 어디든 다닐 수 있는 자유를 얻게 되었다.

언제나 조용하고 친절한데다, 선원이나 일꾼들에게 무슨 일이 생기면 앞장서서 도움을 주었기에 모든 사람이 그를 좋아하게 되었으며, 그는 셸비 씨 농장에서 그랬듯이 대부분 시간을 착한 마음으로 남들을 도와주며 지냈다.

그 배의 승객 중에는 뉴올리언스에 사는 오거스틴 세인트클레어라는 젊은 재산가가 있었다. 그에게는 대여섯 살 된 딸이 있었고, 친척 여자 한 명이 그 딸을 돌보고 있었다. 그 아이는 통통하거나 마른 구석이 전혀 없는, 예쁜 여자아이의 완벽한 표본이었다. 마치 동화 속의 요정 같았으며 꿈꾸는 것 같은 독특한 표정 때문에 사람들은 그 애를 보고 감동을 받았다. 아이는 반쯤 열린 입에 미소를 머금고 배 안 여기저기를 자유롭게 돌아다녔다.

톰은 늘 어린아이를 귀여워하고 좋아했다. 그는 그 아이에게 점점 깊은 흥미를 느끼고 살펴보았다. 톰에게 그 아이는 신적인 존재였고,『성서』책갈피에서 천사가 걸어 나온 것이 아닌가 하는 생각이 들기도 했다.

아이는 헤일리의 노예들이 사슬에 묶여 있는 곳을 점점 더 자주 찾아와 그들을 바라보며 슬픈 표정을 짓곤 했다. 그러다가 그 애는 한숨을 푹 내쉬며 어디론가 갔다가 이내 다시 나타났다. 그 아이의 품에는 과자나 땅콩, 오렌지 같은 것이 들려 있었고, 그 아이는 그것들을 노예들에게 나누어주고는 곧바로 가 버리곤 했다.

톰은 그 아이를 오랫동안 살펴보다가 정말로 그 아이와 친해지고 싶어졌다. 그는 조심스럽게 아이에게 접근했다. 그는 아이들의 환심을 살 수 있는 기술을 정말 많이 알고 있었다. 과일 씨앗을 교묘하게 엮어서 바구니를 만들 수도 있었고, 열매껍질에 사람 얼굴을 새길 수도 있었으며 여러 모양의 호루라기를 만들 줄도 알았다. 그는 그런 것들을 하나씩 그 어린 숙녀에게 조심스레 꺼내주면서 사귀기로 마음먹었다.

이름을 물어봐도 좋을 정도로 가까워지자 톰이 그 아이에게 물었다.

"어린 숙녀 아가씨, 이름이 뭐지요?"

"에반젤린 세인트클레어. 하지만 아빠랑 사람들은 에바라고 불러. 아저씨 이름은 뭐야?"

"내 이름은 톰이지요. 하지만 켄터키주에서는 아이들이 톰 아저씨라고 불렀어요."

"그러면 내게도 톰 아저씨네. 난 아저씨가 좋거든. 톰 아저씨, 지금 어디로 가는 거야?"

"에바 아가씨, 나도 모른답니다. 누군가에게 팔릴 건데, 그 사람이 누구일지는 몰라요."

그러자 에바가 재빨리 말했다.

"우리 아빠가 사면 되겠네. 그러면 아저씨는 편하게 지낼 수 있을 거야. 내가 아빠한테 말해야지."

"정말 고마워요, 꼬마 아가씨."

이때, 증기선은 나무를 적재하기 위해 잠시 기항지에 들렀다. 에바는 아버지의 목소리가 들리자 재빨리 그쪽으로 뛰어갔고 톰은 자리에서 일어나 일꾼들을 열심히 도왔다.

이윽고 배가 기항지를 출발했다. 에바는 아버지와 함께 난간에 서서 배가 기항지로부터 멀어지는 광경을 바라보고 있었다. 타륜이 두세 바퀴 돌았고, 순간 배가 갑자기 요동을 치는 바람에 에바는 배 위에서 튕겨 나가 바닷물에 빠지고 말았다. 아버지가 거의 무의식적으로 바다에 뛰어들려 했지만, 곁에 있는 사람이 말렸다. 누군가 이미 바다에 뛰어들었고 수영 솜씨가 아주 좋았다.

에바가 바닷물 속에 빠지는 순간, 톰은 그녀 바로 밑 하갑판에 있었다. 그는 에바가 바닷물에 빠지는 것을 보자마자 곧바로 물속으로 뛰어들었다. 그가 에바를 구해오는 것은 너무 쉬운 일이었다. 그는 뱃전으로 헤엄쳐 와서 아이를 위로 들어 올렸고, 에바의 아버지는 기절한 아이를 선실로 데려갔다.

다음 날, 날이 저물 무렵에 배는 뉴올리언스가 눈에 보이는 곳까지 이르렀다. 배 안은 내릴 준비로 온통 부산했다. 승객들은 짐을 챙기느라 바빴고 선원들은 정박 준비를 하느라 정신이 없었다.

그때 톰은 하갑판에서 팔짱을 낀 채, 배의 한쪽 구석에 서 있는 사람들을 초조한 기색으로 바라보고 있었다. 그들은 바로 에바와 그의 아버지와 헤일리였다. 아버지는 약간 오만하고 냉소적인 표정을 띤 채 헤일리의 말에 귀를 기울이고 있었다. 에바처럼 고상한 생김새였고 밝은 표정이었지만 무언가 에바와는 달랐다. 그의 얼굴에는 에바의 꿈꾸는 듯한 표정에서 볼 수 있는 깊이가 없었다. 하지만 그의 오만함은 날렵한 그의 몸매와 잘 어울렸다.

헤일리는 자기 상품의 품질이 얼마나 우수한지 열심히 설명하고 있었다. 그의 말을 무심한 듯 듣고 있던 에바의 아버지가 말했다.

"그래, 그렇게 우수한 상품에 얼마를 내야 한다는 거요? 도대체 얼마를 속여먹으려 그러는 거요? 자, 어서 말해보시지."

"글쎄요. 1,300달러를 부르면 겨우 본전밖에 안 되는데…… 그 값에 팔면 안 되는데…… 저 팔다리와 가슴을 좀 보세요. 정말 튼튼하지요. 게다가 머리를 보세요. 머리도 아주 좋답니다. 저 친구가 전 주인 농장 일을 다 맡아서 했답니다. 관리 일도 아주 뛰어나게 했다니까요. 게다가 정말 머리가 좋습니다. 몸뚱이만으로도 그 정도 값은 나갈 텐데 머리까지 좋으니……."

헤일리의 말이 끝나자 젊은 신사가 조롱기 섞인 미소를 거두지 않은 채 말했다.

"거참, 정말 유감스러운 일이군. 머리가 좋다? 너무 많이 아는 건 안 좋아. 똑똑한 친구들은 달아날 궁리를 하거나 말을 훔치거나 이상한 장난질을 치거든. 저 친구 머리가 좋다면 그 때문에라도 200달러는 깎아줘야겠소."

그러자 옆에 있던 에바가 말했다.

"아빠, 얼른 사요. 값이 문제가 아니잖아요. 아빠는 돈이 많잖아요. 아빠, 난 저 사람이 좋아요."

"우리 꼬마 아가씨! 왜 그러는 거지? 장난감 삼으려고? 목마로 삼으려고? 아니면 꼭두각시로 만들려고?"

"저 사람을 행복하게 해주고 싶어요."

"야, 그거 정말 참신한 이유로구나!"

젊은 신사는 그 말과 함께 지폐 다발을 꺼내어 헤아리더니 노예 상인에게 내밀었다.

헤일리는 얼굴이 환해지면서 돈을 받아 세더니 「매매 증서」에 몇 가지 기재한 후 신사에게 주었다. 신사는 딸의 손을 잡고 배 한구석에 서 있는 톰에게로 갔다. 그는 손가락으로 톰의 턱을 살짝 건드리면서 사람 좋게 말했다.

"이봐, 톰, 눈을 들어봐. 자네 새 주인이 마음에 드는지 한번 보라고."

톰은 고개를 쳐들었다. 젊고 쾌활하고 솔직하고 매력적인 얼굴을 바라보자니 기분이 좋아지지 않을 수 없었다. 톰은 하나님께 감사하는 마음이 들면서 눈물을 흘렸다.

"주님께서 나리를 축복해주시기를!"

"물론 축복해주실 거야. 그런데 톰, 자네 말을 몰 줄 아나?"

"평생 말을 키우며 자랐습니다. 셸비 나리께서 말을 많이 키

우셨습니다."

"그래? 그렇다면 마부 일을 맡아 하면 되겠군. 단, 조건이 있어. 특별한 일이 없는 한, 1주일에 한 번 이상은 술을 마시면 안 돼."

"나리, 저는 술을 마셔본 적이 없습니다."

"뭐, 다들 그렇게 말하기 마련이지. 암튼 두고 볼 일이야. 자네 말이 사실이라면 아주 좋은 자질을 갖춘 셈이로군. 어, 그렇게 섭섭한 표정 짓지 말아. 자네를 믿지 못해서가 아니야. 어쨌든 자네가 잘해내리라고 믿네."

"최선을 다하겠습니다."

그러자 에바가 말했다.

"톰 아저씨, 아저씨는 이제 편안하게 지내게 될 거야. 아빠는 누구에게나 친절해. 좀 장난기가 있긴 하지만……."

그러자 아버지가 딸에게 말했다.

"저 친구를 추천해줘서 고마워요, 나의 아가씨."

제12장 톰의 새 주인, 그리고 새로운 생활

톰의 새 주인 오거스틴 세인트클레어 씨는 캐나다에 뿌리를 둔 루이지애나주의 부유한 농장주 아들로 태어났다. 세인트클레어 씨의 어머니는 프랑스 핏줄이었다. 그녀는 프랑스에서 루이지애나주로 제일 먼저 건너온 프랑스 이주 정착민들의 후예였다.

세인트클레어 씨는 두 형제 중 막내였고, 어릴 때부터 어머니를 닮아 병약했으며 감수성이 예민했다. 세월이 흐름에 따라 남성적 외피가 씌워지기는 했지만, 기본 성격은 여전히 여성처럼 부드럽고 온화했다. 하지만 그는 농담과 재담으로 그것을 감췄기 때문에 주변에서 그것을 눈치채고 있는 사람은 거의 없었다. 그는 여러 방면에서 뛰어난 자질을 지니고 있었지만, 대학 시절 문학과 철학에 경도되어 사업 같은 것에는 관심이 없었다. 한마디로 현실적인 사람이라기보다는 낭만적인 사람이었다.

그런 그에게는 아픈 상처가 있었다. 그가 대학을 졸업한 직후, 북부의 어느 지방에 체류하던 시절, 그가 꿈속에서나 그리던 별이 수평선에 모습을 드러냈다. 이상형의 여자를 만난 것이다. 그는 그 여자와 서로 열렬히 사랑했고 약혼했다.

그는 다시 남부로 돌아와 달콤한 꿈에 젖어 그녀에게 매일 「편지」를 보냈다. 그런데 어느 날 그 「편지」들이 뭉치로 되돌아왔다. 그 「편지」 다발에는 그녀의 후견인이 쓴 간단한 『노트』가 동봉되어 있었다. 그 『노트』를 그가 받아보았을 때쯤이면 그녀는 이미 다른 사람의 아내가 되어 있을 거라는 내용이었다.

그는 미쳐버릴 정도의 충격을 받았다. 하지만 자존심 때문에 약혼녀에게 해명하라는 「편지」도 보내지 않았다. 그는 즉시 남부의 사교계에 뛰어들어 2주 만에 당시 남부 최고의 미녀로 꼽히던 여자의 공식 애인이 되어, 10만 달러의 지참금을 지닌 그녀와 결혼하게 되었다.

그런데 신혼부부가 신혼여행을 즐기는 동안 그는 옛 약혼자로부터 「편지」를 받았다. 모든 것은 후견인의 농간이었다는 것이다. 그 후견인은 그녀를 자기 아들과 결혼시키려고 세인트클레어 씨의 「편지」를 중간에서 가로채고 거짓 「편지」를 보낸 것이었다.

하지만 이미 모든 것은 끝난 뒤였다. 그는 마음속에 병을 간직한 채 마리 세인트클레어의 남편으로 살아갈 수밖에 없었다. 낭만적인 시절과 단절된 채, 먹고 마시고, 이웃을 방문하고 산책을 하는 일상적인 생활인이 된 것이다. 그 잃어버린 또 다른 모습을 되살리기 위해서는 따뜻한 아내의 배려가 필요한 법이다. 하지만 마리 세인트클레어는 검은 눈동자에 아름다운 몸매, 10만 달러의 지참금을 지닌 여자일 뿐이었다. 그녀는 애정이나 감수성이 별로 없었다. 그녀는 어린 시절부터 자기의 비위를 맞춰주는 하인들 틈에서 자랐기에 지나치게 이기적이었으며 타인에 대한 배려심 같은 것은 품을 줄 몰랐다. 그녀의 아버지는 그녀의 요구 사항을 모두 들어주었다. 그렇기에 그녀는 세인트클레어 씨에게도 무자비할 정도로 과도한 애정을 요구했다. 그녀는 한마디로 여왕이었다.

그녀는 이기적이었기에 딸도 질투했다. 그녀는 딸을 사랑하는 남편을 의혹과 질시가 가득 찬 눈으로 바라보았다. 하지만 그런 의혹과 질투는 결국 자신에게 해를 가하기 마련이다. 그녀는 운동 부족에다 권태와 불만으로 자신을 들볶으며 생활했기에, 출산한 지 몇 년이 지나지 않아 순식간에 꽃다운 여성에서 수척한 병든 여인으로 변해버렸다. 그리고 자신의 상상 속에서 그 병을 키우며 자신이 이 세상에서 가장 학대받는 여자, 가장 고독한 여자라고 생각했다.

톰이 함께 생활하게 될 주요 사람들을 소개하면서 오필리어 세인트클레어에 대한 이야기를 빼놓을 수 없다. 우리가 에바 세인트클레어를 돌봐주는 친척이라고 잠깐 언급했던 바로 그 여자 말이다.

오필리어는 오거스틴 세인트클레어의 사촌 누나였다. 아내 마리가 거의 매일 두통을 호소하며 자리에 눕는 일이 잦아지자 세인트클레어 씨는 몸이 허약한 에바의 건강이 걱정되었다. 그는 사촌 누나인 오필리어에게 집안일을 돌봐줄 수 없겠느냐고 직접 찾아가 호소했다. 그녀가 기꺼이 응낙해서 그들 셋은 지금 배를 타고 뉴올리언스로 가는 중이었던 것이다.

오필리어의 이미지를 제대로 묘사하려면 우선 그녀의 꽉 다문 입술을 떠올려야 한다. 그 입술은 그녀의 성격이 단호하다는 것을 여실히 보여주고 있었다. 그녀의 모든 동작은 절도 있었고 결연했으며 정력적이었다. 그녀는 질서, 효율, 정확성을 무엇보다 우선으로 삼았다. 그녀는 그 원칙에 어긋나는 사람을 경멸하고 혐오했다.

그녀가 보기에 죄 중의 죄, 모든 악의 근본은 딱 한 단어로 요약할 수 있었다. 그것은 바로 '무질서'라는 단어였다. 그녀가 그 단어를 힘주어 발음한다면 그것은 그녀가 상대방을 최고로 경멸한다는 표시였다. 오필리어는 좀 과장되게 표현한다면 '의무'에 대한 맹목적인 노예라고 할 수도 있다. 그녀는, 자신이 즐겨 쓰는 표현대로 '의무의 길'이 어느 방향인지 갈피를 잡기만 하면 물불 가리지 않고 그 길을 향해 나아갔다. 그녀가 기꺼이 뉴올리언스행을 결심한 것도, 이 길이 바로 '의무의 길'이라고 생각했기 때문이다. 특히 집안일을 돌봐줄 사람이 없다는 세인트클레어 씨의 말이 그녀를 움직였다.

하지만 한 가지 사실을 밝혀야겠다. 실은 그녀가 어린 시절부터 사촌 동생을 보살펴 주면서 동생에 대한 모성애 비슷한 감정이 있었다는 사실이다. 그리고 바로 그 감정이 그녀를 움직이는 데 결정적인 역할을 했다.

이윽고 배가 뉴올리언스 선착장에 도착했다. 그들은 모두 배에서 내려 마차에 올랐다. 마차는 스페인과 프랑스 건축 스타일을 적당히 뒤섞어 놓은 고풍의 저택 앞에 다다랐다. 이어서 마차는 아치형 대문을 지나 안으로 들어갔다. 안뜰 한곳에는 은빛 물살을 쏘아 올리는 분수가 있었고, 분수 가장자리에는 향기로운 꽃들이 자태를 뽐내고 있었다. 분수 주위로는 산책로가 나 있었다.

톰은 마차에서 내려 주위를 돌아보며 기쁜 마음으로 저택을 감상했다. 마부가 삯을 받고 가버리자 사방에서 남자, 여자, 아이들이 우르르 쏟아져 나왔다. 주인 나리의 귀향을 환영하러 나온 하인들이었다. 그러자 그들 중 가장 세련되게 차려입은 물라토 한 명이 사람들을 한구석으로 야단쳐 몰아낸 후 주인에게 정중하게 인사했다.

"오, 아돌프, 너로구나. 잘 지냈어?"

세인트클레어 씨가 아돌프의 인사를 받자 아돌프는 미리 준비한 환영사를 길게 늘어놓기 시작했다. 그러자 세인트클레어 씨는 두 손으로 됐다는 표시를 한 후 톰에게 말했다.

"톰, 이 집이 자네 마음에 드는가보군."

"예, 나리. 정말 멋진 집입니다."

"자, 따라오게. 자네를 안사람에게 소개해야지."

톰은 주인의 뒤를 따라 내실로 들어갔다. 전에는 상상도 못했던 화려한 장식들에 압도되어 그는 거의 정신이 없었다. 양탄자를 밟는다는 게 황송할 정도였다.

세인트클레어 씨가 아내에게 말했다.

"이봐요. 마리. 당신이 원하던 마부를 한 명 데려왔어. 진짜 모범 마부야. 술도 안 마시는데다 근엄한 표정이 딱 영구차 같지 않아? 장례식에 가는 마차처럼 당신 마차를 몰아줄걸. 자, 눈을 뜨고 똑똑히 보라고. 그리고 이제는 내가 등을 돌리자마자 당신 생각은 안 한다는 이야기는 집어치워."

"틀림없이 술을 마실 걸요."

"아냐, 신앙심이 깊고 경건하다는 보증을 받았어. 이봐, 아돌프, 톰을 데리고 내려가게. 내가 미리 말한 대로 이 친구에게 일거리를 주고."

아돌프가 빠른 걸음으로 앞장을 섰고, 톰은 천천히 그 뒤를 따랐다.

그로부터 며칠이 지난 뒤 식탁에서 세인트클레어 씨가 아내에게 말했다. 물론 오필리어와 에바도 함께 있던 자리에서였다.

"자, 마리. 이제 당신의 황금시대가 온 거야. 사촌 누님이 당신의 무거운 짐을 덜어줄 거야. 당신은 충분히 쉴 수 있을 거고, 다시 아름다움과 건강을 되찾게 될 거야. 열쇠를 내주는 의식을 빨리 치르면 치를수록 좋을 것 같은데."

마리가 대답했다.

"형님이 오신 건 환영이에요. 형님은 사실상 이곳에서는 안주인들이 노예에 불과하다는 걸 금세 아시게 되겠지요. 우리가 우리의 편의를 위해서 노예를 두고 있다고 우리를 비난하는 사람들도 있지요. 하지만 편의는커녕 괴로움만 안겨주고 있어요. 진짜 편의를 위해서라면 차라리 노예들을 내보내는 게 나아요. 노예들 때문에 내 병이 더 나빠지고 있어요."

"여보, 당신 오늘 또 우울증이 도지는 것 같구려. 매미가 당신을 얼마나 정성스럽게 돌봐주고 있소? 매미가 없었다면 어쩔 뻔했소?"

"그래요. 매미는 내가 만난 노예 중에 가장 나은 편에 속해요. 하지만 그 애는 이기적이에요. 흑인들이 지닌 결점이지요. 생각해보세요. 그 애가 이기적이 아니라면 어떻게 밤중에 그렇게 곤하게 잠을 잘 수가 있어요? 밤에 한 시간마다 나를 돌봐야 한다는 걸 알면서 어떻게 그렇게 편하게 잠을 자는 거지요? 게다가 그 애를 깨우는 게 얼마나 힘든데! 오늘 내가 이렇게 몸이 안 좋은 건, 지난밤 그 애를 깨우려고 너무나 힘을 썼기 때문이에요."

그러자 이제까지 가만히 듣고 있던 에바가 한마디 했다.

"엄마, 매미가 요 며칠 동안 엄마 곁에 서서 꼬박 밤을 새웠잖아."

그러자 마리가 날카롭게 말했다.

"너 그걸 어떻게 아니? 매미가 툴툴거렸던 모양이구나?"

"아니야, 엄마. 엄마가 여러 날 밤, 잠을 자지 못했다는 말만 했어."

"어쨌든 걔는 이기적이야. 자기 남편 걱정만 하고…… 내가 자기에게 얼마나 잘해주었는데……."

그러자 에바가 다시 말했다.

"엄마, 매미도 요즘 몸이 안 좋아. 머리가 아프대. 내가 매미 대신 하루 엄마 곁에 있으면 안 될까?"

"또 두통 타령이냐? 그놈의 노예들은 맨날 여기저기 아프다고 칭얼거리기만 하지. 그걸 다 받아주면 안 돼!"

그녀가 이번에는 오필리어를 향해 말했다.

"형님, 절대로 하인들을 오냐오냐 하며 받아주면 안 돼요. 한두 번 받아주다보면 나중에는 도저히 감당할 수 없게 돼요. 흑인들은 왜 그렇게 불평만 하고 사는지…… 나는 불평 같은 건 하지 않아요. 내가 얼마나 모든 것을 참으며 살아가고 있는지 아는 사람은 아무도 없어요."

그 말에 세인트클레어 씨는 웃음이 터져 나오는 것을 참을 수 없었다. 그가 웃는 모습을 보고 마리가 화를 냈다.

"당신은 늘 그런 식이지요? 아무것도 심각하게 받아들이지 않고, 하인들을 너무 풀어주고…… 그래서 에바가 걱정돼요. 당신에게 잘못된 걸 배울까봐. 형님 에바는 좀 신경 써서 봐주셔야 해요."

그러자 오필리어가 눈을 크게 뜨고 말했다.

"에바? 에바는 좋은 아이 같은데……."

"걔는 정말 특이한 아이예요. 나를 조금도 닮지 않았어요."

오필리어는 속으로 그거 정말로 다행이라고 생각했다. 마리가 말을 이었다.

"에바는 늘 노예들과 어울리길 좋아해요. 그건 문제가 될 게 없을 수도 있어요. 나도 어릴 때 흑인 노예들과 놀았으니까요. 그런데 에바는 자기와 노예들이 서로 다르다는 걸 몰라요. 아빠가 노예들을 그런 식으로 대하니까 물이 든 거예요. 에바가 집안 노예들을 다 버려놨어요. 지금 들었지요? 매미가 피곤하다고 그 애 일을 자기가 하겠다고 하다니 원!"

그러자 오필리어가 말했다.

"하지만 하인들도 사람이니 피곤할 때는 좀 쉬어야 하지 않을까?"

"내가 충분히 쉴 시간을 주는데, 뭐가 더 필요해요? 할 일은 해야 하지요. 아무튼, 나는 힘들어 죽겠어요. 그런데 저 사람은 내 생각은 전혀 해주지 않아요. 그래서 내가 이렇게 아픈 거예요."

그녀는 남편을 가리키며 말했다.

오필리어는 남의 가정사에 끼어드는 것은 경솔한 짓이라는 것을 잘 알고 있었다. 뉴잉글랜드 지방의 신중함이 몸에 밴 덕분이었다. 그녀는 "나는 그런 문제에 대해서는 잘 몰라"라고 말하며 한발 뒤로 물러섰다.

이어서 마리는 흑인은 백인과는 종족이 다르다, 그들은 매로 다스리지 않으면 제멋대로 하게 되어 있다, 건강이 나쁜 자기가 겨우 기운을 내서 단속할 때만 빼놓으면 천방지축이 되기 일쑤다, 라고 일장 연설을 늘어놓았다.

오필리어는 노예 폐지론자였다. 그녀는 이 세상을 다 준다 해도 노예의 주인이 될 생각이 없다고 힘주어 말한 후 슬며시 방에서 물러 나왔다.

톰이 함께 새로운 생활을 하게 된 사람들에 대한 묘사는 이 정도에서 그치기로 하자. 다만 이즈음 톰은 대체로 새로운 환경에 만족하고 있었다는 것만 덧붙이기로 하자. 특히 에바는 그를 아주 좋아했고 에바가 산책하러 나갈 때면 늘 톰이 동행했다. 세인트클레어 씨가, 에바가 원하면 하던 일도 중지하고 에바와 함께하라고 명령을 내렸기 때문이다. 톰으로서는 나쁠게 하나도 없는 명령이었다. 그의 마부 보직은 한가하기 짝이 없는 보직이어서, 그는 감독만 하고 실제 일은 밑의 다른 하인이 했다. 그래서 그는 늘 말쑥한 옷차림을 하고 있을 수 있었다.

게다가 톰은 감수성이 풍부했다. 그는 집 안팎의 아름다움에 조용한 기쁨을 느끼며 새와 꽃, 분수, 거실의 장식품들을 감상했다. 이제 우리는 그렇게 행복한 톰을 그 상태로 놔두고 잠시 눈길을 다른 곳으로 돌려보기로 하자.

제13장 자유를 위한 투쟁

오후가 저물어갈 무렵, 퀘이커교도의 집에서는 사람들이 분주하게 움직이고 있었다. 레이철 할리데이는 여행객들에게 챙겨줄 짐 꾸러미들을 가능한 한 부피가 작게 나가게 하려고 이모저모 애를 쓰고 있었다. 뉘엿뉘엿 넘어가는 석양빛이 조지와 그의 아내가 앉아 있는 자그마한 침실을 비추고 있었다. 조지는 아이를 무릎에 앉힌 채 엘리자의 손을 잡고 있었다.

조지가 아내에게 말했다.

"리지, 나는 자유인에 걸맞게 행동하려고 애쓸 거야. 이제는 과거 일을 모두 잊고 『성경』을 읽으며 좋은 사람이 되도록 힘쓸 거야."

"우리가 캐나다에 도착하면 나도 열심히 당신을 돕겠어요.

우리 둘이 힘을 합치면 생계를 꾸려나갈 수 있을 거예요.”

그들이 이야기를 나누고 있을 때 방문을 두드리는 소리가 났고 엘리자가 문을 열었다.

시미언 할리데이가 문 앞에 한 사내와 서 있었다. 그는 피니어스 플레처라는 퀘이커교도였다. 큰 키에 예리한 인상의 사나이였다. 시미언이 조지에게 말했다.

“조지, 우리의 친구 피니어스를 소개하지. 이 사람이 당신들에게 아주 중요한 정보를 갖고 왔다네.”

조지와 엘리자는 방 밖으로 나왔다. 그러자 피니어스가 말했다.

“제가 우연히 아주 중요한 정보를 듣게 되었어요. 지난밤 도로변에 있는 작은 여관에 묵었는데, 잠시 깜빡 잠이 들었다가 깨어나니 남자 몇 명이 들어와 식탁에 앉아 술을 마시며 이야기를 나누고 있더군요. 그중 한 사람이 “놈들은 분명 퀘이커교도 정착촌에 있어”라고 하는 이야기를 듣고 저는 정신이 번쩍 들어 귀를 기울였습니다. 그들 이야기를 간추려서 말해줄게요. 그들은 조지를 원래의 주인에게 보낼 것이고, 아내는 뉴올리언스로 데려가 팔아서 한몫 챙기겠다고 했어요. 아이는 노예 상인에게 넘기고요. 그리고 짐과 그의 어머니는 켄터키주의 옛 주인에게 넘기겠다고 하더군요. 인근 마을에서 경찰 두 명을 데려와서 도망자들을 잡겠다고 했어요. 이야기를 들어보니 우리가 오늘 밤 가야 할 길을 정확하게 꿰뚫고 있었어요. 여섯이나 여덟 명쯤의 추적대가 쫓아올 겁니다. 자, 이제 어떻게 하지요?"

모두 근심스러운 표정이었다. 하지만 조지는 격분해서 두 눈을 이글거리고 있었다. 아내가 경매시장에 팔려가게 될지 모르고 아들이 노예 상인에게 잡혀갈지 모르는 상황에서, 그가 보일 수 있는 당연한 모습이었다.

엘리자가 기운 없는 목소리로 그에게 물었다.

"조지, 우리 이제 어떻게 해요?"

"나는 내가 어떻게 해야 하는지 알고 있어."

그는 작은방으로 다시 들어가 자신의 권총을 점검했다. 조지는 다시 밖으로 나와 시미언과 피니어스에게 말했다.

"저는 다른 분들이 제 일에 연루되길 원치 않습니다. 마차를 빌려주시고 길을 알려주신다면 제힘으로 다음 정착촌까지 찾아가겠습니다. 짐도 힘이 장사고 용감합니다."

그러자 피니어스가 말했다.

"이봐요, 친구. 아무리 그래도 안내자는 필요해요."

시미언이 거들었다.

"조지, 피니어스는 현명하고 노련한 사람이야. 그의 말대로 하는 게 좋을 걸세."

그는 조지의 어깨에 손을 얹으며 두 자루의 권총을 가리키며 말했다.

"이걸 너무 조급하게 사용하진 말게. 젊은이의 피는 너무 뜨거운 법이거든."

"절대로 제가 먼저 공격하지는 않을 겁니다. 제가 원하는 건 오로지 이 나라를 떠날 때까지 우리를 조용히 내버려두라는 겁니다. 어린 시절 에밀리 누나가 팔려나가는 걸 보고 피눈물을 흘렸는데, 이제 아내와 자식이 또 팔려나가는 꼴은 절대로 두고 볼 수 없습니다. 저들이 제 아내와 아들을 데려가려 한다면 저는 마지막까지 싸울 겁니다. 선생님이 제 입장이시라면 저처럼 하시지 않을까요?"

"조지, 나는 자네를 비난할 수 없네. 자네도 피와 살을 가진 인간 아닌가? 하지만 나는 그런 시험에 들지 않게 해달라고 하나님께 기도하겠네."

그러자 옆에 있던 피니어스가 말했다.

"제 육체도 남 못지않게 강하지요. 조지, 당신이 누구와 대결해야만 하는 상황이 된다면 주저 없이 당신을 돕겠소."

"피니어스 형제의 결심을 누가 꺾을 수 있겠어요?"

레이철이 미소를 지으며 말했다.

그러자 피니어스가 말했다.

"어두울 때 출발하면 오히려 사람들 눈에 이상하게 보일지 몰라요. 추적대는 아마 두 시간 정도 후에 출발할 겁니다. 우리는 그보다 조금 전에 출발하는 게 좋겠어요. 제가 마이클 크로스를 만나서 부탁하고 올게요. 아주 빠른 말을 갖고 있으니 추적대가 가까이 오면 재빨리 우리에게 달려와서 알려줄 수 있을 겁니다. 그리고 짐과 어머니에게도 출발 준비를 하라고 일러줘야겠어요. 자, 용기를 내세요. 당신 같은 사람들을 도와준 게 한두 번이 아니니, 무사히 성공할 수 있을 겁니다."

피니어스는 밖으로 나갔고 모두 출발 준비를 했다. 시미언이 부인에게 말했다.

"여보, 어서 준비를 서두르구려. 굶겨서 보낼 수는 없는 노릇 아닌가."

레이철과 그녀의 자녀들은 열심히 옥수수 케이크와 햄, 닭요리 등 식사를 준비했고, 식사가 준비되자 모두 묵묵히 식사했다.

식사가 끝나자 커다란 포장마차가 문 앞에 와서 섰다. 별이 밝게 빛나는 환한 밤이었다. 조지는 한 손으로 아내의 손을 다른 손으로 아들의 손을 잡은 채 집에서 나왔다. 당당한 발걸음이었으며, 얼굴은 평온했고 단호했다. 레이철과 시미언이 그의 뒤를 따랐다. 마차 안에는 짐과 그의 어머니가 이미 타고 있었다.

이윽고 작별 인사를 나눈 후 그들은 마차에 올랐고 마차는 출발했다. 길이 험해서 마차 삐걱거리는 소리가 요란했기에 그들은 대화를 나눌 수 없었다. 마차는 언덕을 오르내리고 어두운 숲과 들판을 가로지르며 몇 시간을 달렸다. 아이는 곧 엄마의 무릎에서 잠이 들었으며 짐의 어머니도 마침내 공포심을 잊어버렸고, 엘리자도 눈꺼풀이 자꾸 감기는 것을 참아내기 어려웠다.

새벽 3시쯤 되었을 때였다. 그들 조금 뒤에서 황급히 달려오는 말발굽 소리가 들렸다. 피니어스는 마차를 세우더니 그 소리에 귀를 기울였다.

"마이클이오. 내가 그의 말발굽 소리를 알거든요."

곧이어 말을 타고 달려오는 사람의 모습이 희미하게 보였다. 조지와 짐은 마차 밖으로 튀어나왔다. 피니어스가 어둠 속을 향해 소리를 질렀다.

"마이클, 자넨가? 어서 오게."

"피니어스! 자넨가?

"맞아. 그래 무슨 소식이?"

"바로 뒤에서 쫓아오고 있어. 여덟 명에서 열 명쯤 돼. 술을 마셔서 시뻘건 얼굴을 한 채 입에 게거품을 물고 욕설을 퍼부으며 쫓아오고 있어."

마이클이 말을 끝내기도 전에 추적대의 말발굽 소리가 희미하게 들려왔다.

피니어스가 황급히 말했다.

"자, 친구들, 어서 마차에 올라요. 한바탕 싸울 생각이라면 아주 좋은 곳이 있어요. 내가 그곳으로 안내하겠소."

두 남자가 마차에 오르자 피니어스는 말에 채찍을 가했다. 마차는 온 힘을 다해 달렸지만, 추적대의 말발굽 소리는 점점 더 가까워졌다. 고개를 돌려 뒤를 돌아보니 동트는 여명을 받으며 말을 재촉해 쫓아오는 자들의 모습이 보였다. 고개 하나를 사이에 둔 거리였고, 추적자들도 마차의 모습을 보았다. 엘리자는 두려움에 떨며 아이를 품에 안았고, 노파는 신음을 내며 기도했다. 거리는 점점 더 가까워지고 있었다. 조지와 짐은 긴장한 채 권총을 움켜쥐었다.

그때 갑자기 마차가 방향을 바꾸더니 가파른 바위산을 향하기 시작했다. 넓은 평원에 암석들이 우뚝 돌출해 있었으며 주위가 탁 트여서 앞이 훤히 내다보였다. 피니어스는 사냥 다니던 시절에 이 일대를 자주 돌아다녔기에 지리에 훤했다.

바위산 앞에 이르자 피니어스는 마차를 멈추더니 마부석에서 뛰어내렸다.

"자, 다들 빨리 마차에서 내려요. 모두 함께 저 바위산으로 올라가는 겁니다. 마이클, 자네는 자네 말을 저 마차에 묶은 다음 아마리아의 집으로 마차를 몰고 가게. 그런 후 아마리아와 그 애들을 데리고 와서 우리를 지원해줘."

마차에서 내린 일행은 피니어스를 앞세우고 바위 사이에 난 길을 오르기 시작했다. 피니어스가 아이를 안았고, 노모를 등에 업은 짐이 그 뒤를 따랐다. 조지와 엘리자가 맨 뒤였다. 추적대는 벌써 바위산 아래에 도착해 있었다.

잠시 후 그들은 암석 하나가 툭 튀어나와 있는 곳에 도착했다. 거기서부터 길이 급격하게 좁아져서 겨우 한 사람만 걸어갈 수 있었다. 조금 걸어가니 길이 끊겼고, 아래로는 낭떠러지가 있었다. 건너편 1미터 정도 되는 거리에 높이 솟은 암석이 있었고, 그 위는 평평했다. 피니어스는 가볍게 허공을 뛰어넘어 아이를 그 암석 위에 안전하게 내려놓았다.

피니어스가 어서들 건너오라고 소리치자 나머지 사람들이 한 명씩 건너뛰었다. 암석 주변에는 삐죽삐죽 바위들이 솟아 있어 흉벽 구실을 해주고 있었기에 그들은 바위 뒤에 숨어서 아래를 내려다볼 수 있었다.

추적대는 밑에서 열심히 바위산을 오르고 있었다. 그들은 노예들이 이제 독 안에 든 쥐라고 생각하고 있었다. 그들을 내려다보며 피니어스가 코웃음을 쳤다.

"흥, 얼마든지 올라와보라지. 자, 친구들 총은 잘 장전되어 있지요? 이곳에 접근하려면 비좁은 암석 사이로 하나씩 와야 해요. 사정권에 드는 거지. 자, 나는 구경만 할 테니 당신들끼리 해결해요."

이제 아래쪽 추적대 일행의 모습이 훤하게 보였다. 우리가 이미 한 번 본 적이 있는 톰 로커와 마크스, 두 명의 경찰관, 마을 여관에서 급히 조달한 건달들이었다. 술 한잔 얻어먹은데다 흑인 노예들을 체포하는 광경을 구경하러 따라 나온 자들이었다.

그때 조지가 바위 꼭대기에 모습을 보이면서 침착하게 말했다.

"여러분, 여러분은 누구십니까? 용건이 뭡니까?"

톰 로커가 외쳤다.

"우리는 도망친 검둥이들을 잡으러 왔다. 여기 경찰관도 모시고 왔고 체포 영장도 있다. 네가 조지 해리스지?"

"그렇다! 나는 조지 해리스다! 켄터키주에 사는 어떤 사람이 이전에 나를 자신의 노예라고 불렀었다. 하지만 나는 지금 내 아내, 내 아들과 함께 자유인이다! 짐과 그의 모친도 우리와 함께 있다. 우리에게는 방어용 무기가 있으며 필요 시에는 그 무기를 사용할 것이다. 얼마든지 올라와봐라. 하지만 사정거리에 들어오는 첫 번째 사람은 곧바로 죽게 될 것이며, 두 번째, 세 번째 사람도 마찬가지이며 결국 모두 다 죽게 될 것이다."

그러자 키 작고 뚱뚱한 남자 한 명이 앞으로 나서며 외쳤다. 경찰관이었다.

"무슨 개소리를 지껄이고 있는 거야! 우리는 법을 집행하는 경찰관이다. 어서 조용히 자수하지 못할까! 결국 체포당할 걸 모르느냐!"

그러자 조지가 비통한 목소리로 말했다.

"그렇다! 당신은 법을 집행하고 있으며 권력을 지니고 있다는 걸 나도 잘 안다. 그런데 그 권력으로 네가 하는 일이 뭐냐? 내 아내를 노예시장에서 팔아넘기고, 내 아이를 노예 상인에게 넘기려는 것 아니냐? 짐의 노모를 잔혹한 전 주인에게 되돌려 주어 개돼지 취급받게 하려는 것 아니냐? 그런 걸 묵인하고 허용하는 너희 법이 부끄럽다는 걸 알아라! 우리는 너희의 법을 인정하지 않는다! 너희 나라를 나라로 인정하지 않는다! 우리는 이곳 하나님의 하늘 아래 자유로운 사람으로 서 있다. 우리는 너희만큼 자유롭다! 우리는 죽을 때까지 우리의 자유를 지키기 위해 싸울 것이다!"

조지는 그렇게 바위 꼭대기에 서서 독립선언을 했다. 그의 몸은 훤하게 노출되어 있었다. 그의 태도와 눈빛이 너무나 당당했기에 아래쪽에서는 잠시 침묵이 흘렀다. 아무리 잔인한 사람들이라 할지라도, 그의 대담함에 잠시 주춤할 수밖에 없었다.

하지만 마크스는 그의 연설에 조금도 감동받지 않았다. 사격 솜씨가 좋은 그는 조지를 겨냥해서 권총을 한 발 발사했다.

"켄터키주에서는 생사 불문하고 보상을 해주거든."

그는 총구를 상의에 문질러 닦으며 차갑게 말했다.

조지는 뒤로 벌렁 넘어졌고, 엘리자가 비명을 질렀다. 총알은 그의 머리 위를 스쳐 지나 나무에 박혔다. 이어서 아래쪽에서 톰 로커의 목소리가 들렸다.

"맞힌 것 같군. 비명이 들렸어. 나는 올라가보겠어. 나는 저 거지 같은 검둥이들을 무서워해본 적이 없어. 누가 뒤따라오겠나?"

그 목소리를 또렷이 들은 조지는 총을 꺼내 좁은 길을 겨냥

했다. 누구든지 제일 먼저 나타나면 즉시 발사할 수 있는 자세였다.

　수색대 일행은 톰 로커를 앞세우고 일제히 바위산을 오르기 시작했다. 톰 로커의 커다란 몸이 거의 낭떠러지 앞까지 왔을 때였다. 조지는 총을 발사했고 총알이 톰 로커의 옆구리에 명중했다. 하지만 톰 로커는 부상한 몸으로도 물러서지 않은 채 고함을 지르며 허공을 건너뛰어 조지 일행을 덮쳤다.

　그때였다. 피니어스가 맨 앞으로 나서더니 긴 팔로 톰 로커를 거세게 밀어내며 말했다.

　"이봐, 자네는 여기선 필요 없는 사람이야."

　톰 로커는 나무, 관목, 암석 들에 부딪히면서 10미터 아래로 추락해 바닥에 나자빠진 채 신음을 냈다. 다행히 옷이 나뭇가지에 걸리면서 추락 속도를 늦추어주었기에 목숨은 건질 수 있었다. 하지만 워낙 높은 곳에서 떨어졌기에 부상은 꽤 심각했다.

　톰 로커가 추락하자 제일 놀란 것은 바로 마크스였다. 그는 경찰관들에게 톰 로커를 돌봐달라고 말한 후 자기는 지원군을 불러오겠다며 냅다 말을 타고 도망가버렸다. 뒤에서 사람들이 비웃든 말든 개의치 않았다.

나머지 사람들은 마크스를 욕하며 톰 로커에게 갔다. 그들은 그를 부축하려 했지만, 부상이 예상보다 심했다. 그들은 잠시 망설이는 듯하더니 모두 말을 타고 가버렸다.

그들이 사라지자 피니어스가 말했다.

"자, 빨리 내려가서 부지런히 걸어갑시다. 마이클이 지원 병력을 데려올 테니 그 마차를 맞이하기 위해 좀 걸어야 합니다. 다음 정착지까지는 3킬로미터 정도 남았습니다."

그들이 바위산에서 내려왔을 때 멀리서 마차가 보였으며, 몇 명이 말을 타고 마차 뒤를 따르고 있었다. 피니어스가 반갑게 소리쳤다.

"저기 마이클과 스티븐, 그리고 아마리아가 오는군요! 이제 우리는 안전해진 겁니다."

이윽고 마차가 도착하고 피니어스가 모두 마차에 오르자고 말했다. 그러자 엘리자가 말했다.

"잠깐, 저기 다친 사람 좀 살펴봐야 하지 않겠어요? 계속 신음을 내잖아요."

조지도 아내를 거들었다.

"저 사람을 그냥 내버려두는 건 기독교인이 할 바가 아니지요. 자, 가서 저 사람을 데리고 갑시다."

피니어스도 기꺼이 동의해서 사람들은 함께 톰 로커를 마차에 태웠다. 그토록 기세등등하던 톰 로커는 완전히 기가 꺾여 있었다. 그런 부류의 사람들 용기는 오로지 육체적 건강에서 오는 것이기에, 몸에 상처를 입자 완전히 다른 사람이 되어버린 것이다.

다만 그는 자기를 놔두고 도망친 마크스를 향한 욕을 쉴 새 없이 내뱉었다. 그의 상처는 가볍지 않았지만, 다행히 목숨에 지장은 없었다. 조지는 그가 죽지 않으리라는 피니어스의 말에 크게 안도했다. 그에게는 정말로 살생을 저지를 마음이 없었기 때문이다. 그가 톰 로커를 향해 총을 발사한 것은 오로지 가족의 안전과 자유를 지키기 위해서였다.

일행은 한 시간쯤 말을 달린 후 깨끗한 농가에 도착했다. 그들은 그곳에서 풍성한 아침 식사를 대접받았으며 톰 로커는 극진하게 치료를 받았다.

조지와 엘리자 일행이 일단 안전한 곳에서 숨을 돌리고 있으니 우리 눈길을 이제 다시 톰 아저씨에게 돌리기로 하자.

제14장 세인트클레어 저택에서 보낸 생활

세인트클레어 씨는 경제 관념이 별로 없는 사람이었다. 그런데 이제까지 집사 노릇을 해오던 아돌프도 주인 못지않게 헤프고 사치스러운 하인이었다. 주인과 하인이 손발을 맞추어 집안의 재산을 흩뿌리고 있었다고 보는 게 옳을 정도였다. 언제나 절약과 검소가 몸에 배어 있는 톰으로서는 그런 모습을 지켜보는 것이 안타깝기 그지없었다. 그는 가끔 아주 조용하게 주인에게 비용 절감 방안을 조언하기도 했다.

세인트클레어 씨는 점점 더 톰을 신임하게 되었고, 마침내 집에서 필요로 하는 물자의 조달과 관리는 모두 톰에게 맡기게 되었다. 톰은 그 신뢰에 보답하기 위해 아주 꼼꼼하고 정확하게 집안의 물자를 관리했다.

톰은 쾌활하고 발랄하며 잘생긴 젊은 주인에게 충성심과 존경심을 갖고 있었지만, 한편으로는 아버지처럼 근심스러운 눈으로 그를 바라보기도 했다. 톰이 보기에 주인은 기독교인이 아니었다. 그는 『성경』을 읽지 않았으며 교회에 다니지도 않았다. 일요일 저녁은 오페라극장에서 시간을 보냈으며 평일에는 별 필요도 없는 파티와 술자리에 참석했다. 그는 자기 방에 혼자 있을 때 주인의 잘못된 버릇을 고쳐달라고 조용히 기도했으며 때로는 그에게 충고를 하기도 했다. 하지만 톰의 성격상 직설적인 충고를 한 적은 결코 없었으며 아주 완곡하게 충고를 할 뿐이었다. 예를 들면 이런 식이었다.

어느 일요일에 세인트클레어 씨는 화려한 파티에 초대되었다가 다음 날 새벽 1시에 인사불성으로 대취해서 돌아왔다. 톰은 아돌프와 함께 주인을 자리에 눕히면서 대경실색했고, 밤새 주인을 위해 기도했다.

다음 날 아침 세인트클레어 씨가 톰에게 그날 필요한 돈을 주면서 이런저런 지시를 했다. 그런데 지시를 받은 후에도 톰은 나가지 않고 그 자리에 서 있었다. 세인트클레어 씨가 톰에게 물었다.

"무슨 일이지, 톰? 뭔가 잘못되었나? 왜 안 나가고 서 있는 거야?"

"나리, 제가 마음이 좀 편치 못해서 그럽니다."

"그래? 아주 심각한 얼굴을 하고 있네. 도대체 무슨 일인지 말 좀 해보게. 뭐 부족한 게 있나?"

"그런 건 없습니다. 나리께서는 제게 언제나 잘 대해주십니다. 나리께서는 누구에게나 잘 대해주시지요. 그런데 딱 한 사람에게만 유독 잘 대해주지 않으십니다."

"내가? 누구에게?"

"나리께서는 자기 자신에게 잘 대해주지 않으십니다."

톰은 눈물을 흘리며 낮은 목소리로 말했다.

그러자 세인트클레어 씨도 눈을 적시며 말했다.

"이런! 이런 바보 같으니! 나는 그렇게 눈물을 흘려줄 사람이 못 돼!"

세인트클레어 씨는 다시는 그런 파티에는 가지 않겠다고 톰에게 약속했고 이후 그 약속을 지켰다. 그런 식의 노골적인 쾌락이 그가 원래 지니고 있던 성품과는 어울리지 않는 것이었기도 했지만, 실은 톰의 진심에 감동한 덕분이라고 하는 것이 더 정확했다.

톰은 새로운 생활에 그럭저럭 적응하며 지내고 있었지만 거의 고난을 겪는다고 할 정도로 온갖 시련에 시달리고 있는 사람이 한 명 있었다. 바로 자신이 자라왔던 환경과는 전혀 다른 남부의 한 가정에서 뜻하지 않게 집안 살림을 책임지게 된 오필리어였다.

가정관리를 위탁받은 첫날 오필리어는 새벽 4시에 일어나 자기 방을 손수 깨끗이 청소했다. 하녀들이 놀란 것은 물론이었다. 하녀들은 "세상에, 주인님의 사촌 누이가 직접 자기 방을 청소하다니! 그렇다면 저분은 귀부인이 아니야!"라고 수군거렸다.

거기서 그친 것이 아니었다. 그녀는 팔을 걷어붙이고 그녀가 열쇠를 물려받은 저택의 찬장과 벽장을 일일이 점검하기 시작했다. 부엌, 옷장, 찬장, 지하실 등이 모두 그녀의 엄격한 검열을 받았다. 모든 것이 환한 햇빛 아래 노출되었다.

그러자 이제까지 주방장 역할을 하던 부엌 최고의 권위자 다이나 아줌마가 자신의 특권을 침해받은 데 대해 분노했다. 그녀는 클로이 아줌마처럼 최고의 요리사였지만 모든 것을 직관과 감각에 의해 처리했고, 모든 형태의 논리와 질서를 경멸했다. 한마디로 말한다면, 그녀가 내놓는 요리는 아주 훌륭했지만 주방의 위생과 정리 상태는 엉망진창이었다고 할 수 있다. 주인이 부엌에 들어가서 그 상황을 자세히 알게 된다면 아마 즉각 식욕을 잃게 만드는 정도였다.

그 모든 것을 바로잡기 위한 오필리어의 노력은 정말 눈물겨울 정도였다. 하지만 그녀가 이룩하려는 개혁은 하인과 하녀들의 적극적인 협조가 없이는 불가능했다. 그녀의 개혁은 마치 그리스 신화 속 시시포스의 노력처럼 허망한 것이 되곤 했다. 언덕 꼭대기까지 바위를 굴려 올리면 바위는 다시 굴러떨어지고 그 바위를 다시 굴려 올려야 하는 형벌, 그녀의 노력은 바로 그 형벌과 같은 것이었다.

절망에 빠진 그녀는 어느 날 사촌 동생 세인트클레어 씨에게 호소했다.

"이 집안에서는 도무지 질서를 찾아볼 수가 없어."

"맞습니다. 누님, 그런 게 없지요."

"정말 낭비가 너무 많아. 이런 무질서는 본 적이 없어."

"누님, 저도 인정합니다. 하지만 누님, 우리 같은 주인은 두 부류가 있다는 걸 누님도 인정해주셔야 합니다. 하나는 압제자이고 다른 하나는 피압제자입니다. 저는 기꺼이 두 번째 길을 택한 겁니다. 노예들의 압제를 견디는 거지요. 선량하고 엄격한 걸 싫어하는 사람은 두 번째 길을 택할 수밖에 없습니다. 우리의 편의를 위해서 게으른 사람들을 집안에 두기로 한 것이니, 그걸 감수해야 하지요. 누님이 주방을 보시고 화를 내시는 건 당연합니다. 하지만 주방에서 손을 떼세요."

"어떻게 보고도 모른 척할 수 있다는 거지?"

"누님, 누님은 이 세상 전체에서 벌어지고 있는 일의 한 단면을 보신 데 불과해요. 그냥 넘어가는 게 좋아요."

"오거스틴, 나는 이런 것을 용납할 수밖에 없도록 만드는 노예제도가 정말 혐오스러워. 그리고 네가 노예제도를 옹호한다는 것도 받아들이기 힘들어."

"누님, 제가 노예제도를 옹호한다고 말씀하셨어요? 정말 순진하시네요. 제가 이 제도가 그르다는 것을 몰라서 받아들인다고 생각하세요? 이 세상에 그르다고 생각하는 일은 절대로 하지 않는 사람이 단 한 명이라도 있을까요? 누님, 노예제도라는 저주받은 제도를 유지하게 만드는 동력은 딱 한 가지, 지독한 이기심이라는 걸 저도 잘 알고 있습니다. 그리고 흑인들을 혹사시키고 착취하면서 "그렇게 말을 잘 들으니 너는 천국에 갈 거야"라고 말도 안 되는 거짓말을 그들에게 해주지요. 저요? 제가 그것을 왜 이렇게 받아들이고 있느냐고요? 그냥 그게 제게 대물림되어왔기 때문입니다. 그것은 제가 어쩔 수 없는 제도이고 관습이기 때문입니다."

여기까지 말한 세인트클레어 씨는 갑자기 두 손으로 얼굴을 감싸더니 얼마간 아무 말 없이 있었다.

"누님, 나도 누님처럼 노예제도를 혐오합니다. 하지만 누님은 당당하게 노예제도를 혐오한다고 말하고 노예제도에 반대하며, 노예를 두지 않고 살 수 있습니다. 하지만 누님, 나는 남부 사람입니다. 나도 노예제도를 혐오하지만, 누님처럼 행동할 수는 없습니다. 아아, 인간의 미덕이란 것은 얼마나 하찮은 것인가요? 미덕이란 것은 정말 우연의 산물처럼 보입니다. 누님의 아버지이신 큰아버지는 모든 것이 자유롭고 평등한 버몬트 주에 정착하셨죠. 대신 우리 아버지는 노예제도를 당연하게 여기는 남부에 정착하셨고요. 덕분에 누님은 저보다 많은 덕목을 지닌 삶을 살게 된 게 아닌가요? 하지만 누님, 이것만 알아주십시오. 남부 사람이라고 해서 모두 노예제도를 좋아하는 게 아니라는 걸요."

"그렇다면 자기가 데리고 있는 노예들을 해방시키면 되는 것 아니야?"

"저는 그렇게 할 수 없었어요. 저는 돈벌이를 위해 노예를 데리고 있는 게 아니라 그들과 같이 돈을 쓰려고 데리고 있는 거니까요. 그건 별로 나쁘지 않아 보였어요. 물론 일종의 해방자가 되자는 열망이 들 때도 있었지요. 하지만 저는 그렇게 정력적인 사람이 아닙니다. 어쨌든 나라 전체가 노예제도 때문에 신음하고 있습니다. 노예제도는 노예에게도 나쁜 거지만 실은 그로 인해 주인이 더 큰 피해를 보고 있는 셈입니다. 노예제도 때문에 타락한 백인들을 보세요. 어쨌든 조만간 최후의 심판 날이 올 겁니다."

"오거스틴, 네 이야기를 들으니 내가 이제까지 너를 잘못 본 것 같구나. 너는 천년왕국에 가까이 있는 것 같아."

"누님, 그런 말씀 마세요. 저는 그냥 오락가락하는 사람일 뿐입니다. 말이나 이론으로는 천국에 가까이 있는 것 같아도, 실제로는 티끌 같은 속세에 머물러 있는 인간일 뿐입니다."

둘의 이야기는 거기에서 그쳤다.

제15장 톱시

어느 날 아침 오필리어가 열심히 집안일을 돌보고 있는데 계단 아래서 세인트클레어 씨의 목소리가 들렸다.

"누님, 내려와보세요. 보여드릴 게 있습니다."

"뭔데?"

오필리어가 바느질감을 손에 든 채 내려오며 물었다.

"자, 보세요. 제가 누님을 위해 새로 장만한 게 있습니다."

그 말과 함께 세인트클레어 씨는 여덟 살이나 아홉 살쯤 되어 보이는 흑인 여자아이를 그녀 앞에 내밀었다.

그 아이 피부는 흑인치고도 정말 검었다. 아이는 약간은 불안한 기색을 띤 채, 유리구슬처럼 반짝이는 눈으로 방 안의 물건들을 빠짐없이 힐끔거렸다. 새 주인의 거실에 있는 멋진 물건들에 감탄해서 입이 반쯤 벌어져 있었고, 벌어진 입안에서 흰 이빨이 빛나고 있었다. 여러 갈래로 꼿꼿하게 땋은 양털 같은 머리칼은 사방으로 삐죽삐죽 뻗어 있었다. 아이는 진지하고 엄숙한 표정을 짓고 있었지만, 그 표정 뒤에는 영민함과 교활함이 묘하게 뒤섞여 있음을 살짝 엿볼 수 있었다. 오필리어는 그 아이가 풍기는 인상이 약간은 악마적이고 너무 이교도적이어서 무서움을 느꼈다고 훗날 고백하기도 했다.

오필리어가 세인트클레어 씨에게 물었다.

"오거스틴, 도대체 이런 애를 왜 데려온 거야?"

"누님께 맡기는 겁니다. 이 아이를 교육해서 바른길로 이끌어보세요."

세인트클레어 씨는 깜짝 놀라는 오필리어의 모습에 장난스러운 표정을 지으며 아이에게 말했다.

"톱시, 이분이 네 새 마님이시다. 너를 이분께 선물로 드린 거야. 그러니 이분에게 얌전히 굴어야 한다."

"네, 주인님."

여자아이가 여전히 진지한 표정으로 점잖게 대답했다. 하지만 아이는 눈으로 장난스럽게 윙크 짓을 했다.

그러자 오필리어가 세인트클레어 씨에게 어이없다는 표정을 지으며 말했다.

"오거스틴, 이게 무슨 짓이야? 집에는 벌써 이런 성가신 애들이 득실거리고 있어. 발에 차여 걸을 수도 없을 지경이야. 아침에 일어나면 문 뒤에서 자는 녀석, 테이블 밑에서 머리를 불쑥 들이미는 녀석, 깔개에 누워 있는 녀석들이 우글우글한데 아이를 하나 더 데려와서 뭘 어쩌자는 거야?"

"방금 말씀드렸잖아요. 누님이 한번 제대로 키워보시라니까요. 교육해보세요. 누님은 항상 교육에 대해 설교를 했잖아요. 그걸 한번 실천해보시라고 신선한 본보기 하나를 누님께 맡기는 겁니다."

"이미 이 집에 그걸 실천할 대상들이 차고 넘쳐."

"누님, 정말 기독교인 같은 말씀을 하시네요. 사실 그런 게 바로 기독교인이지요! 선교회를 만들고 불쌍한 선교사들을 먼 이국까지 내보내면서도 이교도를 자기 집에 들여놓고 개종시키려고 노력하는 사람은 없지요. 더럽고 불쾌하다며 발을 뒤로 빼기만 하고."

그러자 오필리어가 조금은 누그러진 표정으로 말했다.

"오거스틴, 내가 그런 뜻으로 한 말은 아니잖아. 하긴, 그런 게 진정한 선교 사업인지도 몰라."

제15장 톱시

"누님, 제가 쓸데없는 말을 지껄였네요. 미안해요. 누님에게는 전혀 어울리지 않는 말인데…… 실은 이렇게 된 거예요. 제가 매일 지나다니는 길에 싸구려 식당이 있어요. 그 식당 주인이 이 애 주인이었고요. 주정뱅이 부부였지요. 그 부부가 이 애를 매일 두들겨 패고 아이가 노상 비명을 질러대는 걸 보고 좀 질렸어요. 그런데 아이가 재미있게 생기기도 했고 발랄해 보여서, 잘만 키우면 괜찮을 수도 있겠다고 생각한 거예요. 그래서 아이를 사서 누님께 선물로 드리는 겁니다. 아이에게 정통 뉴잉글랜드식 교육을 해보세요. 결과가 어떨지 한번 지켜보자고요."

"좋아! 내가 최선을 다해볼게."

오필리어는 결심을 하고 톱시를 받아들였다.

그녀는 제일 먼저 톱시의 몸을 씻겼다. 다이나 아줌마를 비롯해 모든 하녀가 비웃거나 질겁을 했기에 그녀가 직접 몸을 씻겨야만 했다. 오필리어는 아이의 등과 어깨에 난 무수한 채찍 자국을 보고 아이가 너무 가엾다는 생각을 했다.

힘겹게 톱시의 몸을 씻기고 옷을 갈아입힌 후 오필리어가 그 애에게 물었다.

"톱시, 너 몇 살이니?"

"잘 몰라요, 마님."

아이가 이를 드러낼 정도로 묘한 표정을 지으며 말했다.

"뭐야? 나이도 몰라? 엄마는 누구니?"

"엄마가 있었던 적이 없어요."

아이가 다시 얼굴을 찌푸리며 대답했다.

"엄마가 없어? 그게 무슨 소리야? 너 어디서 태어났니?"

"난 태어난 적이 없어요."

톱시가 마치 악마처럼 묘한 표정을 지으며 대답했다.

"톱시, 그런 식으로 대답하면 안 된다. 지금 장난하는 게 아니야. 자, 어디서 태어났고 부모가 누군지 말해봐."

그러자 톱시가 좀 더 단호한 어조로 말했다.

"난 태어난 적이 없단 말이에요. 엄마도, 아빠도, 아무것도 없어요. 어떤 장사꾼이 다른 애들과 함께 키웠고 수 아줌마가 우리를 돌봐줬어요."

그 말을 할 때 아이의 표정은 진지했다.

오필리아는 보다 실제적인 질문을 해보아야겠다고 생각하고 아이에게 물었다.

"너 바느질할 줄 아니?"

"아뇨, 마님."

"그러면 할 줄 아는 게 뭐니? 전 주인 집에서는 뭘 했니?"

"물 떠오고 접시 닦고 칼을 갈고 손님들 시중을 들었어요."

오필리어가 앉아 있는 의자 등에 기대어 서 있던 세인트클레어 씨가 그녀에게 말했다.

"누님, 여기 개간되지 않은 땅이 있습니다. 거기에 누님 생각의 씨를 뿌려보세요. 다른 잡초들은 어렵지 않게 뽑아낼 수 있을 거예요."

오필리어의 교육에 관한 원칙은 다른 원칙들과 마찬가지로 아주 단호하고 명확했다. 그것은 한 세기 전 뉴잉글랜드 지역에서 성행했던 원칙으로, 지금은 철도가 닿지 않는 외진 곳에서만 여전히 명맥을 유지하고 있었다. 그 원칙은 다음과 같이 요약할 수 있다. 첫째, 남들 말에 귀를 기울이도록 가르칠 것, 다음으로 교리문답과 바느질과 글 읽는 법을 가르칠 것, 마지막으로 거짓말하면 매를 들 것, 이상이 바로 그 원칙이었다. 다른 교육 방식은 전혀 알지 못했던 오필리어는 그 방식을 이 어린 이교도에게 적용했다.

가족 사이에서 톱시는 오필리어의 하녀로 간주되었다. 주방에서는 모두 아이를 홀대했기에 오필리어는 주로 자기 방에서 아이를 교육했다. 그녀는 자기가 스스로 해오던 침대 정리, 방 청소 등을 톱시에게 시켰다. 모든 일을 자기가 직접 해야 직성이 풀리는 그녀의 성격으로는 대단한 자기희생이었고, 대단한 고통이었다.

침대 앞에서 그녀가 톱시에게 말했다.

"자, 톱시, 침대를 어떻게 정돈하는지 보여줄게. 정확히 나처럼 해야 한다."

톱시는 꽁지 머리를 다 쳐버린 채 빳빳하게 풀 먹인 앞치마를 입고 침대 앞에 서 있었다.

"예, 마님."

톱시가 깊은 한숨을 내쉬며 진지한 표정으로 대답했다.

오필리어가 시범을 보이자 톱시는 까다로운 마님이 흡족해 할 정도로 완벽하게 침대를 정돈했다. 오필리어가 감동할 정도였다. 그런데 불행히도 침대 정돈이 거의 끝나갈 무렵 톱시의 소매에서 리본 하나가 펄럭이며 빠져나왔고 그것이 오필리어 눈에 띄었다. 오필리어가 잠시 등을 돌린 사이 톱시가 슬쩍한 것이었다. 오필리어는 그것을 집어 들고 소리쳤다.

"이런 몹쓸 것! 나쁜 것 같으니라고! 너 이 리본을 슬쩍했구나!"

하지만 톱시는 그게 왜 거기 있었지, 하는 표정을 지으며 눈 하나 깜짝하지 않고 천연스럽게 대꾸했다.

"어, 마님 리본 아닌가요? 그게 왜 거기 들어가 있지요?"

제15장 톱시

"거짓말하지 마. 네가 훔친 거잖아."

"마님, 정말 아니에요. 조금 전까지 전 본 적도 없는 물건인데요."

"톱시, 거짓말하는 게 얼마나 나쁜 짓인지는 알지?"

"마님, 저는 거짓말해본 적이 없어요. 거짓말할 줄도 몰라요. 제가 말씀드린 건 다 사실이에요. 정말이에요."

"톱시, 네가 그렇게 거짓말한다면 매질을 할 수밖에 없다."

"마님, 아무리 온종일 매질을 하셔도 달리 드릴 말씀이 없어요. 마님이 침대 위에 두셨던 게 시트에 휩쓸려 소매로 들어갔나봐요."

오필리어는 너무 화가 났지만 화를 가라앉히고 말했다.

"톱시, 네가 자백한다면 이번에는 용서해주마. 대신 다음에는 절대로 이런 짓 하지 않겠다고 약속해야 해."

결국 톱시는 모든 걸 자백했고 잘못을 뉘우치는 표정을 지었다.

그때 둘이 있던 방에 에바가 들어왔다. 오필리어는 아직 화가 나 있었기에 에바에게 톱시가 저지른 못된 짓에 관해 설명을 했다. 그러자 에바가 다정한 말을 톱시에게 건넸다.

"불쌍한 톱시, 무엇 때문에 물건을 훔친 거야? 뭐든지 탐나면 말해. 네가 물건을 훔치게 놔두느니 내 물건을 줄게."

그 말은 톱시가 살아오면서 처음 듣는 다정한 말이었다. 하지만 욕설 외에 다른 말이라곤 들어본 적이 없는 귀에, 그런 다정한 말은 믿을 만한 게 못 되었다. 톱시는 에바의 말이 이상하게 들렸고 이해할 수도 없었다.

'도대체 톱시를 어떻게 하지?'

오필리어는 난감했다. 자신의 교육 원칙이 그 애에게는 전혀 통하지 않았기 때문이다. 오필리어는 세인트클레어 씨에게 하소연했다.

"매질 없이 어떻게 저 애를 제대로 다룰 수 있을지 정말 모르겠어."

"누님이 매질할 수밖에 없다면 매질을 하세요. 하지만 저는 매질을 하지 않아요. 처음부터 매질로 다스리다보면 점점 더 강도가 세질 수밖에 없으니까요. 이곳 남부 대부분 사람들은 그렇게 노예를 다스려요. 그러면 결국 둘 다 난폭해질 수밖에 없어요. 저는 최소한의 도덕성을 지키기 위해 너그럽게 그들을 대하려고 한 거예요. 그 결과 우리 집 노예들은 정말 버릇이 없어졌지요. 하지만 주인과 노예, 둘 다 야만스럽게 되는 것보다는 그 편이 낫다고 생각한 거지요. 누님, 교육에 관해 제게 많은 말씀을 하셨지요? 누님 생각대로 저 애를 한번 교육해보세요."

제15장 톱시

"그런 아이들을 만들어내는 건 바로 노예제도야. 어쨌든 그 아이가 내 눈앞에 있으니 도리가 없군. 내 의무로 생각하고 열과 성을 다할 수밖에."

이후 오필리어는 정말 훌륭하다고 할 수밖에 없는 열정과 에너지를 가지고 열심히 이 의무를 실천했다. 그녀는 공부 시간을 정해서 톱시에게 글 읽기와 바느질을 가르쳤다.

톱시는 글 읽기에서 아주 놀라운 재능을 보여주었다. 아이는 마치 마술처럼 재빨리 글자를 익히더니 금세 쉬운 글을 읽을 수 있게 되었다. 하지만 바느질 익히는 데는 시간이 걸렸다. 고양이처럼 느긋한 성격에 원숭이처럼 에너지가 넘치는 톱시는 방 안에 죽치고 앉아 바느질하는 것을 견디지 못했다. 바늘을 부러뜨리거나 창밖으로 던져버리기 일쑤였으며 실을 일부러 엉키게 하고 끊어버리는 게 다반사였다. 바느질은 엉망이면서 바느질을 엉망으로 만드는 솜씨는 너무 뛰어나서 오필리어가 현행범으로 잡기가 어려웠다.

오필리어의 교육을 어느 정도 받은 후에 톱시는 집에서 가장 주목할 만한 존재가 되었다. 익살부리고, 이상한 흉내 내고, 춤추고, 재주넘고, 노래하고, 휘파람을 부는 등, 그녀의 재능은 무궁무진했으며 타의 추종을 불허했다. 톱시가 그런 식으로 재주를 부릴 때면 집안의 아이들이 모두 입을 쩍 벌린 채 경탄의 눈으로 그 애 앞에서 구경했으며 에바 아가씨도 예외가 아니었다.

스스로 지위가 높다고 생각하며 톱시를 멸시했던 다른 하인들도 곧 생각을 바꿔야만 했다. 누구든지 톱시에게 화를 내거나 적개심을 드러내면 반드시 불편한 일을 겪게 된다는 것을 알게 되었기 때문이다. 귀고리나 소중한 장신구가 없어진다든지, 갑자기 옷이 못 입을 정도로 망가진다든지, 갑자기 무엇엔가 걸려 넘어지면서 뜨거운 물바가지를 뒤집어쓴다든지 하는 일이 벌어졌던 것이다. 물론 톱시에게 혐의가 있어 조사가 진행되고 심문도 있었지만 언제나 톱시는 결백한 것으로 판명이 났다. 심증은 있었지만, 물증이 전혀 없었다.

톱시는 손으로 하는 거의 모든 일에 열정적으로 매달렸고 놀랄 정도로 빨리 그 일들을 익혔다. 몇 번 배웠을 뿐인데도 톱시는 마음만 먹으면 그 누구도 흉내 내기 어려울 정도로 오필리어의 방을 말끔하게 정돈할 줄 알았다. 하지만 그런 마음을 별로 자주 먹지 않는다는 게 문제였다. 오필리어가 감시를 소홀히 하면 톱시는 잘 정돈된 방을 순식간에 난장판으로 만들었다. 침대 정돈은 뒷전으로 미뤄둔 채 베개를 머리로 받으며 놀았고 그 바람에 베개 속에 들어있던 깃털들이 사방에 흩날리는 등, 그 방은 톱시가 고안해낸 온갖 독창적인 놀이가 판을 치는 놀이터가 되어버렸다.

톱시는 그렇게 야단법석을 떠는 모습을 가끔 오필리어에게 들키기도 했다. 한번은 오필리어가 참다 못해 톱시에게 화를 내며 말했다.

"톱시, 너 정말 왜 그러는 거니? 도대체 무슨 짓이야?"

"몰라요, 마님, 제가 나쁜 애라서 그런가봐요."

"정말 너를 어떻게 해야 할지 모르겠구나, 톱시."

"마님, 저를 때려주세요. 이전 주인은 제게 매일 매질을 했지요. 맞지 않으면 일할 줄 모르나봐요."

"톱시, 나는 네게 매를 들고 싶지 않아. 하려고만 하면 잘하는 애가 왜 그러니?"

"마님, 저는 매를 맞으며 자랐어요. 그게 제게는 좋을 것 같아요."

오필리어는 톱시의 처방을 받아들였다. 톱시는 비명을 지르고 신음하고 애원하며 야단법석을 떨었다. 하지만 15분도 되지 않아 톱시는 꼬맹이 숭배자들을 앞에 앉혀놓고 매질에 대해 경멸감이 섞인 논평을 늘어놓았다.

"참, 마님의 매질이란! 그런 식으로는 모기 한 마리도 못 죽일 거야! 옛날 주인은 어땠는데! 핏방울이 튀도록 때렸다고! 그런 게 진짜 매질이지! 나는 정말 나쁜 사람 중의 나쁜 사람이야. 그래서 그 누구도 나를 어쩔 수 없어. 그러니까 옛날 여주인은 나만 보면 욕설을 퍼부었지. 내가 이 세상에서 제일 나쁜 년일 걸!"

말을 마친 후 톱시는 공중제비를 돌아 씩씩하게 높은 곳으로 올라갔다. 그리고는 자신이 남들과는 정말 다르다는 것을 뽐내며 보여주었다.

오필리어의 그토록 힘든 톱시 교육은 그렇게 한두 해 동안 계속되었다. 오필리어는 보람을 느끼기도 했지만 단 하루도 골머리를 앓지 않는 날이 없을 정도였다. 하지만 그녀는 곧 그 고통에 익숙해졌다. 마치 만성적인 두통에 적응되었다고 보면 된다.

세인트클레어 씨는 톱시를 보며 즐거워했고, 그 애에 대해 특히 더 너그러웠다. 톱시는 혹시 남들과 마찰이 생겨 피신할 필요가 있으면 세인트클레어 씨의 의자 뒤로 피했다. 그러면 번번이 세인트클레어 씨가 일을 잘 무마시켜주었다. 또한 그는 가끔 톱시에게 푼돈을 건네주곤 했다. 그러면 그 애는 그 돈으로 땅콩이나 과자를 사 와서 집안 아이들에게 골고루 나누어주었다. 톱시에 대해 아주 공정하게 평가한다면 그 애는 마음씨

좋고 너그러운 아이였다. 다만 자기방어를 위해서만 남에게 적
개심을 드러냈을 뿐이다.

제16장 풀은 마르고 꽃은 시든다

　어느덧 2년의 세월이 흘렀다. 그사이 켄터키주 셸비 농장에 약간의 변화가 있었다는 사실을 독자에게 우선 알려주어야겠다. 셸비 부인은 톰을 다시 데려오고 싶은 생각이 간절했지만, 셸비 씨의 사업이 여의치 않아 돈을 마련할 수 없었다. 그러던 어느 날, 클로이 아줌마가 셸비 부인을 찾아와 긴급 상의를 했다. 루이빌에 있는 제과점에서 케이크를 잘 만드는 사람을 구한다며, 거기 가서 돈을 벌면 톰을 찾아올 수 있는 돈을 모을 수 있으리라는 것이었다. 셸비 부인은 기꺼이 응낙했고 클로이는 그곳으로 떠났다. 그리고 조지가 그 소식을 담은 「편지」를 써서 톰에게 보냈다.

　한편 톰과 에바 사이의 애정은 세월이 가면서 더욱더 깊어졌다. 톰 아저씨의 온화하고 헌신적인 마음속에 에바가 어떤 자리를 차지하고 있었는지 말로 설명하기는 힘들다. 톰은 에바를 지상의 연약한 존재로 여기며 애지중지하기도 했지만 동시에 이 천상의 존재에게 일종의 숭배심을 품기도 했다.

그해 여름, 지독한 더위 때문에 많은 사람이 시골로 피서를 떠날 무렵 세인트클레어 가족도 폰차트레인 호수에 있는 별장으로 피서를 갔다. 인디언식 오두막으로, 대나무로 된 우아한 베란다가 있고 주위는 정원과 공원이 둘러싸고 있었다. 거실은 열대식물과 꽃의 향기로 가득한 정원으로 곧장 이어지고 정원으로부터는 구불구불한 길을 통해 호숫가까지 직접 갈 수 있었다.

어느 일요일 저녁 에바와 톰은 호숫가 이끼 긴 작은 의자에 앉아 있었다. 에바의 무릎 위에는 『성경』이 펼쳐져 있었다.

에바가 톰에게 말했다.

"톰 아저씨, 「빛나는 성령들」을 불러줘."

톰은 널리 알려진 감리교 찬송가를 부르기 시작했다.

나는 빛나는 성령들을 보았네.
그 영원한 영광의 품 안에서
그들 모두 흰옷을 두르고

승리의 찬가를 부르네.

그러자 에바가 말했다.

"톰 아저씨, 나는 그들을 본 적이 있어. 내가 잠들었을 때 가끔 나를 찾아오곤 하거든. 톰 아저씨, 계속해줘. 나도 거기 갈 거야."

"어디 말씀인가요, 아가씨?"

에바는 그 작은 손으로 하늘을 가리켰다.

"저기! 빛나는 성령들이 있는 곳! 얼마 안 있어 나도 가게 될 거야."

톰은 갑자기 가슴이 찢어지는 듯했다. 6개월 전부터 에바의 작은 손이 점점 더 가늘어지고, 피부는 점점 더 창백해졌으며 숨이 점점 가빠지는 것을 느끼고 있었다. 오필리어도 에바의 기침이 점점 심해진다며 어떤 약도 듣지 않는다고 걱정하곤 했다. 지금 톰이 잡고 있는 작은 손도 불처럼 뜨거웠다.

그들의 대화는 오필리어가 에바를 불러들이는 소리 때문에 중단되었다. 둘은 집 안으로 들어왔다. 오필리어는 에바의 기침이 심상치 않다는 것을 이미 잘 알고 있었다. 그녀는 사촌 동생에게 에바의 건강이 걱정된다고 말하곤 했다. 그러면 세인트클레어 씨는 쓸데없는 걱정하지 말라며 누이의 말을 물리쳤다. 물론 세인트클레어 씨도 딸이 걱정되어 자주 살펴보았지만, 최악의 사태가 올 수도 있다는 것을 믿기 싫어서 누이에게 퉁명스럽게 대꾸하곤 한 것이었다.

에바는 톱시의 재미있는 장난을 지켜보며 놀기를 좋아했다. 어느 날 톱시와 놀다가 안으로 들어온 에바가 엄마 마리에게 물었다.

"엄마, 왜 우리는 하인들에게 글을 가르쳐주지 않는 거야?"

"무슨 그런 소리를 하니? 그건 그들에게 아무런 도움이 되지 않는 거야. 그런다고 일을 더 잘하는 것도 아니잖아. 하인들은 일하려고 태어난 거야."

"하지만 하나님의 뜻을 알기 위해서는 그들도 『성경』을 읽어야 하잖아."

"그들에게 필요한 곳만 읽어주면 되는 거야."

"하지만 엄마, 『성경』은 모든 사람을 위한 책이잖아. 누구나다 읽을 줄 알아야 해요. 오필리어 고모도 톱시에게 글 읽는 걸 가르쳐줬어요."

"그래, 그래서 참 잘되기도 했구나! 톱시가 어떻게 됐니? 걔는 내가 본 애 중에 제일 못된 애야."

그러자 에바가 고개를 들고 생각에 잠긴 듯 말했다.

"불쌍한 매미! 『성경』을 얼마나 좋아하는데…… 근데 내가 『성경』을 읽어줄 수 없게 되면 어떻게 하지?"

에바는 슬그머니 엄마의 방에서 나왔다. 그때부터 에바는 줄기차게 매미에게 글 읽기를 가르쳤다.

이틀 전부터 에바가 너무 아파서 방을 떠나지 못했다. 오필리어는 의사를 불렀다. 마리는 자신에게 새로 나타난 두세 가지 증세를 연구하는 데 온통 정신이 팔려 있어서 딸의 건강이 점차 나빠지고 있다는 것을 조금도 눈치채지 못하고 있었다. 그녀는 자기보다 더 고통을 받거나 아픈 사람은 없다고 철석같이 믿고 있었기에 주변 사람이 아프다는 이야기만 나와도 버럭 화를 내기 일쑤였다. 다른 사람이 아픈 건 꾀병이거나 기력이 좀 부족할 뿐이라고 그녀는 생각했다. 오필리어가 여러 번 에바가 심상치 않다고 그녀에게 말했지만 그녀는 자기도 전에 그랬다며 대수롭지 않게 넘겨버렸다.

하지만 에바의 증세가 눈에 띄게 나빠지고 마침내 의사를 부를 지경이 되어서야 그녀의 태도가 싹 바뀌었다. 그녀는 한탄했다.

"나는 전부터 알고 있었어! 늘 걱정하고 있었단 말이야! 아아, 나는 얼마나 불행한 어머니란 말인가! 나도 이렇게 몸이 아픈데 내 하나뿐인 딸 애 눈앞에 무덤이 어른거리다니!"

그녀는 새로운 슬픔에 힘이라도 얻은 듯 밤마다 매미를 들볶았다. 이전 어느 때보다도 정력적으로 매미를 불러내 소란을 피우고 잔소리를 하기 시작했다.

에바의 증세가 잠시 호전되는 것 같자 세인트클레어 씨는 너무 기뻐서 딸아이가 곧 이전처럼 명랑하게 뛰어놀 수 있다고 말했다. 하지만 의사와 오필리어는 잠시 찾아온 호전 상태를 그다지 반갑게 생각하지 않았고 에바도 모든 것을 예감하고 있는 것 같았다. 하지만 그 애는 조금도 슬퍼하지 않았다. 다만 뒤에 남겨질 사람들을 생각하며 슬픔에 젖을 뿐이었다.

의사와 오필리어, 그리고 에바 외에도 그들과 같은 생각을 하고 있는 사람이 있었다. 바로 톰이었다.

어느 날 톰이 매미에게 말했다.

"매미, 에바 아가씨를 더는 이곳에 붙잡을 수가 없을 것 같아. 하나님의 징표가 이미 아가씨 이마에 새겨져 있어."

그러자 두 손을 하늘로 향하며 매미가 대답했다.

"그런 것 같아요. 제가 늘 말했잖아요. 아가씨는 여기서 살 사람이 아니라고. 아가씨 눈에는 그 무언가 알 수 없는 게 어려 있어요. 마님께 수도 없이 그 이야기를 했어요. 이제 그게 다가오고 있는 거야. 아아, 사랑스러운 축복받은 어린양!"

그날 늦은 오후 아버지가 에바를 불렀다. 딸을 위해 사온 작은 조각상을 보여주기 위해서였다.

"에바, 요즘 조금 좋아졌지? 그렇지?"

그러자 에바가 굳은 결심이라도 한 듯 말했다.

"아빠, 오래전부터 아빠에게 말씀드리고 싶던 게 있어요. 제 몸이 더 허약해지기 전에 지금 말씀드리고 싶어요."

딸의 말에 세인트클레어 씨의 몸이 떨렸다. 에바는 아버지 무릎에 앉더니 가슴에 머리를 기대고 말하기 시작했다.

"아빠, 이제 숨기려 해도 소용없어요. 아빠 곁을 떠날 때가 점점 가까워지고 있어요. 한번 떠나면 영영 돌아오지 못하겠지요?"

세인트클레어 씨는 떨리는 목소리를 짐짓 쾌활하게 꾸미며 말했다.

"에바, 네가 너무 낙담해서 그러는 거야. 그런 우울한 생각할 필요 없어. 이걸 좀 보렴. 얼마나 예쁘니? 널 위해 사온 거란다."

에바가 조용히 조각상을 물리치며 말했다.

"아니에요, 아빠. 아빠도 잘 아시잖아요. 전, 나을 수 없다는 걸 잘 알아요. 저는 곧 떠날 거예요. 전 그걸 잘 알아요. 하지만 아빠, 전 실망하지 않아요. 아빠와 친구들을 남겨놓고 떠나는 것만 아니라면 전 정말 행복하게 떠날 거예요. 전 천국에서 살게 될 테니까요. 그리고 한 가지 가슴 아픈 게 있어요.”

“그게 뭐니, 아가야?”

“아빠, 저는 우리 하인들이 너무 불쌍해요. 그 사람들은 저를 정말 사랑해요. 저를 정말 잘 돌봐주고 제게 친절해요. 아빠, 저는 그 사람들이 자유로워지면 좋겠어요.”

“얘야, 그건 아주 복잡한 문제란다. 아빠도 이 세상에서 노예가 한 명도 없으면 좋겠다고 생각하고 있단다. 하지만 어떻게 해야 하지? 어떤 방법을 택해야 하지? 아빠는 그걸 모르겠구나.”

“아빠, 아빠는 정말 좋은 분이시고, 고상하고 친절하세요. 그리고 아빠 말을 들으면 누구나 기분이 좋아져요. 아빠, 아빠가 사람들에게 옳은 일을 하라고 설득해주시면 좋겠어요. 제가 죽은 다음에 말이에요. 아빠, 저를 사랑하신다면 제발 그렇게 해주세요.”

“네가 죽은 다음이라니, 에바!”

세인트클레어 씨가 소리쳤다.

“그런 소리 하지 마라! 너는 이 세상에서 내 전부야!”

"아빠, 저 불쌍한 사람들도 아빠가 저를 사랑하시듯이 자기 자식들을 사랑해요. 아빠, 그 사람들을 위해서 뭐든 해주세요. 매미가 아이들 생각하면서 우는 걸 여러 번 봤어요. 톰 아저씨는 자기 아이들을 얼마나 사랑하는데요. 약속해요, 아빠! 톰 아저씨를 자유롭게 해주겠다고! 제가…… 제가……."

에바는 잠시 말을 멈추더니 망설이듯 말을 이었다.

"제가 이곳에 없게 되면 말이에요."

그러자 세인트클레어 씨가 말했다.

"그래, 아가야. 뭐든 해주마! 네가 원하는 건 뭐든!"

장엄한 저녁 그림자가 부녀 주위로 점점 더 깊게 드리우고 있었다. 세인트클레어 씨는 가슴에 그 작고 연약한 에바를 끌어안고 있었다. 그에게 아이의 목소리가 마치 영혼의 목소리처럼 울려왔다. 그리고 과거의 삶이 마치 파노라마처럼 눈앞에 펼쳐졌다. 그는 그 순간 많은 것을 보고 느꼈다. 하지만 그는 아무 말도 하지 않았다. 그는 아이를 침실로 데려가 하녀들을 내보내고 아이가 잠들 때까지 자장가를 불러주었다.

제17장 에바의 죽음

일요일 오후였다. 세인트클레어 씨는 베란다에 앉아 담배를 피우고 있었다. 에바도 그 곁에 있었다. 그런데 얼마 후 오필리어의 방에서 큰 고함이 들렸다. 오필리어가 누군가를 크게 꾸짖는 소리였다.

그 소리를 듣고 세인트클레어 씨가 말했다.

"톱시가 또 뭔가 말썽을 피웠나보군. 저런 소란이 이는 걸 보니 톱시가 틀림없어."

잠시 후 오필리어가 범인을 끌고 나왔다.

"어서 이리 오지 못해! 네 주인에게 다 말해야겠다!"

세인트클레어 씨가 물었다.

"누님, 무슨 일이지요?"

"더는 이런 애 때문에 골치 썩고 싶지 않아! 내 방에 앉아서 찬송가를 공부하라고 했어. 그런데 어떻게 서랍 열쇠를 손에 넣었는지 보닛 장식을 꺼내서 인형 옷을 만들었지 뭐야! 이렇게 질이 나쁜 애는 평생 본 적이 없어!"

"이 작은 악마야, 이리로 와 보렴."

세인트클레어 씨가 톱시를 앞으로 불렀다.

톱시가 앞으로 걸어오자 그가 물었다.

"왜 그런 짓을 한 거지?"

그러자 톱시가 엄숙하게 말했다.

"제가 못된 사람이기 때문이에요. 마님이 그렇게 말씀하셨어요."

"마님이 너를 위해 얼마나 애쓰시는데. 네게 해줄 만한 건 다 해주셨잖아."

"전의 마님도 그렇게 말했어요. 그러곤 저를 회초리로 때리고 머리카락을 뽑고 머리를 기둥에 처박기도 했어요. 하지만 아무리 해도 소용없을 거예요. 저는 못된 애거든요. 저는 그냥 못된 검둥이일 뿐이에요."

오필리어가 한마디 했다.

"저러니, 내가 저 애를 포기하겠다고 할 수밖에!"

그때 상황을 가만히 지켜보던 에바가 톱시에게 자신을 따라

오라고 조용히 신호했다. 에바와 톱시는 베란다 구석에 있는 자그마한 유리방으로 들어갔다. 평소에 서재처럼 사용하던 방이었다.

세인트클레어 씨와 오필리어는 발소리를 죽이고 방 가까이 가서, 유리문을 가린 커튼을 올리고 방 안을 들여다보았다.

두 아이는 무릎을 맞댄 채 바닥에 앉아 있었다. 톱시는 언제나처럼 심드렁하고 냉소적인 표정이었다. 반면에 에바는 무언가 감정이 북받친 듯 두 눈에 눈물이 그렁했다.

에바가 말했다.

"톱시, 왜 그렇게 나쁜 아이가 된 거니? 왜 착해지려고 애쓰지 않니? 너는 아무도 사랑하지 않니?"

"몰라요. 빨아먹는 사탕이나 뭐 예쁜 물건들은 사랑하죠. 딴건 몰라요."

"하지만 아빠 엄마는 사랑할 거 아니야."

"아빠 엄마가 어딨어요? 말했잖아요, 아가씨."

"하지만 네가 착해지려고 애쓰기만 하면 남들이……."

"아가씨, 착하건 아니건 저는 그냥 검둥이일 뿐이에요. 누가 내 껍질을 벗기고 흰둥이로 만들어준다면 그땐 좀 생각해 보지요."

"하지만 네가 검둥이라도 너는 사랑받을 수 있어. 고모님은 네가 착하기만 하면 너를 사랑하실 거야."

톱시는 피식, 하고 웃었다. 그리고 대답했다.

"마님은 그러실 리 없어요. 제가 검둥이라서 저를 참아낼 수 없다니까요. 저를 만지느니 차라리 두꺼비를 만지실 걸요! 아무도 검둥이를 사랑하지 않아요! 검둥이는 착한 일을 할 수 없어요. 하지만 까짓것, 전 신경 안 써요."

톱시는 휘파람을 불기 시작했다.

그러자 에바가 감정이 북받쳐서 그 작은 하얀 손을 톱시의 어깨 위에 올려놓으며 외쳤다.

"오, 톱시! 가엾은 톱시! 내가 너를 사랑하잖아! 난 널 사랑해. 왜냐하면 네겐 아빠, 엄마도 없고 친구도 없으니까! 난 널 사랑해. 너는 불쌍하게 버려진 아이니까! 난 널 사랑하고 네가 착한 아이이길 바라! 봐, 톱시! 나는 몹시 아파. 나는 오래 못 살 거야. 그런데 네가 이렇게 못된 아이로 있는 게 너무 슬퍼. 나를 위해서 좋은 아이가 되어줘. 너랑 오래 함께 있을 수 없단 말이야."

순간 흑인 아이의 둥글고 날카로운 눈이 빛나는 눈물방울로 흐려졌다. 이어서 굵은 눈물방울이 손등 위로 떨어졌다.

"오, 에바 아가씨! 해볼게요. 해볼 거예요! 전에는 이런 건 생각도 못 해봤어요!"

세인트클레어 씨는 순간 커튼을 내리고 말했다.

"어머니가 해주신 말씀이 생각나네요. 장님의 눈을 뜨게 하려면 예수님이 그러셨듯이 행동해야 해요. 멀찍이 떼어놓고 쳐다보면서 입만 나불델 게 아니라, 직접 머리에 손을 얹어야 해요."

오필리어가 입을 열었다.

"나는 흑인에 대해 일종의 혐오감을 가지고 있었어. 그건 사실이야. 저 애가 내게 손대는 걸 싫어했어. 그런데 그걸 저 애가 알고 있으리라고는 꿈에도 생각하지 못했어."

"애들한테 그런 건 감출 수 없는 법이에요. 그런 혐오감이 조금이라도 마음속에 남아 있으면 아무리 호의를 베풀고 좋은 것을 주어도 고마움을 느끼지 못하지요."

"어떻게 해야 내 생각을 뜯어고치지? 나도 에바처럼 되었으면 좋겠어. 쟤한테 배워야 할 것 같아."

"아마…… 어린아이가 늙은 제자를 가르친 최초의 예는 아닐 겁니다. 하하하……."

잠시 에바에게 기운을 차리게 해주었던 기간은 재빨리 흘러갔다. 이제 그 애가 회복되리라는 희망은 더 이상 품을 수 없게 되었다.

톰 아저씨는 자주 에바의 방에 들렀다. 그리고 그 애를 안고 진정시키곤 했다. 에바는 지상에서의 인연의 끈이 끊어져 감에 따라 자신의 영혼이 느끼는 모든 것을 톰에게 이야기했다. 아버지에게 이야기할 수도 있었지만, 아버지를 괴롭게 만들기 싫어서였으며 톰과는 그런 영혼에 관한 대화가 통했기 때문이다. 톰은 에바가 부르거나 무슨 사소한 징후가 있으면 즉시 달려갈 수 있도록 자기 방에서 자지 않고 베란다 바닥에서 잠을 잤다.

그러던 어느 날 밤 자정, 드디어 톰과 에바가 기다리던 시간, 하나님이 에바의 영혼에 전령을 보내신 시간이 왔다. 톰은 그 기미를 느끼고 재빨리 자리에서 일어났다. 오필리어도 여자의 예감으로 에바의 방으로 왔고 의사를 불러오라고 하인을 보냈다. 곧이어 세인트클레어 씨도 왔다. 아이는 잠들어 있었다. 고통스러운 표정이라곤 전혀 없었으며 숭고하다고 말할 수 있는 표정이 어려 있었다.

에바가 천천히 눈을 떴다. 얼굴에 미소가 번지고 있었다.

세인트클레어 씨가 딸에게 말했다.

"날 알아보겠니, 에바?"

"아빠."

아이는 아빠의 목에 매달리려고 애를 썼지만, 곧 팔의 힘이 풀리고 말았다. 아이의 얼굴에는 죽음의 고통으로 인한 경련이 일었다. 에바는 숨을 쉬려 안간힘을 쓰며 팔을 들어 올리려 했다.

세인트클레어 씨가 절규했다.

"오, 하나님!"

톰은 자기 손으로 주인의 손을 잡아주었다. 검은 뺨에서는 눈물이 흐르고 그의 눈은 구원을 갈구하듯 하늘을 향하고 있었다.

세인트클레어 씨가 기도하듯 중얼거렸다.

"오오, 제발 이 고통이 빨리 끝나기를!"

"오, 주님 찬미받으소서! 주인님, 끝났습니다. 끝났습니다. 자, 보십시오!"

"에바!"

세인트클레어 씨가 부드럽게 딸의 이름을 불렀다.

그러나 그 소리는 에바에게 이제 들리지 않았다.

제18장 재회

그로부터 몇 주일이 흘렀다. 삶의 물결은 다시 정상 흐름으로 되돌아왔다. 냉정한 현실이란 우리의 슬픔과는 무관하게 우리를 사로잡고 그 단조로운 발걸음을 계속 이어나가기 마련이다.

세인트클레어 씨의 모든 관심과 희망은 자신도 모르는 새, 딸을 중심으로 이룩된 것이었다. 그런데 에바가 가버리자 그에게는 더는 미리 계획할 그 무엇도, 해야 할 그 무슨 일도 없는 것만 같았다.

하지만 어떤 의미에서 세인트클레어 씨는 전혀 다른 사람이 되었다. 그는 에바의 『성경』을 아주 진지하고 성실하게 읽었다. 그는 하인들과 자신의 관계에 대해 깊이 생각했고 그 결과 그들에 대한 자신의 과거 행동, 지금의 행동이 뭔가 미흡하다고 생각하게 되었다. 그는 곧바로 톰을 해방하기 위해 필요한 절차를 밟았다. 그러면서 그는 매일 이 충실한 하인과 많은 시간을 보냈다. 이 세상에 톰만큼 에바를 상기시키는 존재는 없었기 때문이다.

세인트클레어 씨는 톰을 해방하기 위한 법적 절차에 착수한 다음 날 톰에게 말했다.

"톰, 자네를 자유인으로 만들어줄 생각이라네. 어서 켄터키 주로 떠날 준비를 하게."

그 소리를 듣고 톰이 너무 기뻐하자 세인트클레어 씨는 좀 실망했다. 톰이 자기 곁을 떠나는 것을 그토록 반갑게 여기자 섭섭한 마음이 들었다.

세인트클레어 씨가 약간은 차가운 어조로 말했다.

"이곳을 떠난다니 그렇게 좋은가? 이곳 생활이 그렇게 나쁘지는 않았을 텐데."

"나리, 그게 아닙니다. 자유인이 될 수 있어서 그렇습니다. 그 때문에 기쁜 겁니다."

"하지만 톰, 자네가 자유인이 되어서 아무리 열심히 일한다 해도 이 집에서 지낸 것처럼 풍족하게 지낼 수는 없을 걸세."

"알고 있습니다, 나리. 나리는 그동안 제게 정말 잘해주셨습니다. 너무 잘해주셨지요. 하지만 제아무리 허름한 옷, 허름한 집이라도, 다른 사람의 훌륭한 옷이나 집보다는 제 것을 갖는 게 낫습니다. 그렇긴 해도 나리께서 고통에서 벗어나시기 전까지는 이곳을 떠나지 않겠습니다."

"내가 고통에 빠져 있을 때 떠나지는 않겠다고? 아아, 톰! 언제쯤 내가 이 고통에서 벗어날 수 있을까?"

그러자 톰이 대답했다.

"나리께서 기독교인이 되시면 그 고통에서 벗어나실 수 있습니다."

"그래, 그때까지 머물겠다는 말이지?"

세인트클레어 씨는 미소를 띤 채 톰의 어깨에 손을 얹으며 말했다.

"아, 이런 순진한 친구! 그때까지 자네를 내 곁에 두지 않을 거야. 어서 켄터키주로 가서 부인과 아이들을 만날 준비나 하라고."

그때 누군가 방문했다는 전갈이 와서 그들의 대화는 거기서 중단되었다.

마리도 딸의 죽음을 큰 슬픔과 불행으로 받아들였다. 하지만 그녀는 자신이 불행할 때 다른 사람들도 불행 속에 빠뜨리는 엄청난 재주를 가진 인물이었다. 그녀는 매미 등 하녀들을 더 들볶았고, 그때마다 매미는 방패 역할을 해주던 에바가 없다는 사실을 뼈저리게 느껴야만 했다.

한편 오필리어도 에바가 세상을 떠난 일로 크게 상심하고 있었다. 하지만 그녀의 올곧고 굳센 영혼은 그 슬픔으로부터 영생에 이르는 교훈을 얻어낼 수 있었다. 그녀는 전보다 훨씬 부드러워지고 온순해졌으며, 톱시에 대해서도 너그러워졌다. 그녀는 계속 톱시를 가르쳤다. 톱시와 신체 접촉을 피하는 일도 없었고, 혐오감을 감추려 애쓰는 일도 없었다. 더는 그런 혐오감을 느끼지 않았기 때문이다. 그녀는 처음으로 톱시를 온화한 눈빛으로 바라볼 수 있게 되었다. 그리고 자신을 선으로 이끌기 위해 하나님께서 톱시를 자신에게 보내주셨다고 생각했다.

에바의 죽음은 톱시에게도 변화를 가져왔다. 냉담하고 무관심하던 표정은 완전히 사라지고 선량해지려는 노력이 엿보였다. 물론 옛 버릇이 나와 그 노력을 무산시키는 일이 종종 벌어졌지만 그때마다 톱시는 새롭게 마음을 다잡곤 했다.

어느 날이었다. 오필리어가 톱시를 불러들였다. 그런데 톱시가 안으로 들어오면서 뭔가 품 안으로 황급히 감추는 게 아닌가?

오필리어가 엄한 목소리로 톱시에게 말했다.

"뭘 그렇게 감추는 거냐? 이리 내놔!"

톱시는 망설이다가 오필리어가 재차 재촉하자 가슴에서 낡은 양말로 싸놓은 작은 꾸러미를 꺼냈다. 오필리어가 그 꾸러미를 풀어보니 작은 책이 한 권 나왔다. 에바가 톱시에게 준 『매일 성경』 책이었다.

옆에서 그 모습을 보고 세인트클레어 씨는 감동을 받았다. 그 작은 책은 장례식 때 관을 덮었던 천에서 떼어낸 검은 띠로 둘러져 있었다.

세인트클레어 씨가 검은 천을 집어 들고 톱시에게 물었다.

"왜 이 천으로 책을 두른 거니?"

"그건, 그건…… 그게 에바 아가씨이니까요. 아, 제발 그걸 가져가지 마세요."

톱시는 바닥에 주저앉아 앞치마로 얼굴을 가리고 목청껏 울기 시작했다.

세인트클레어 씨는 미소를 지었다. 하지만 그의 눈에는 눈물이 흐르고 있었다.

그가 톱시에게 말했다.

"자, 울지 마, 이건 네 거야."

제18장 재회

171

그는 톱시에게 천을 돌려준 후 오필리어와 함께 응접실로 들어갔다.

"누님, 정말이지 저 아이에게서 얻어낼 게 많으리라는 생각이 드네요."

그가 아이를 손가락으로 가리키며 말했다.

"진정으로 슬픔을 느낄 수 있는 영혼은 선한 일을 행할 수 있어요. 저 애를 정말 훌륭한 인물로 키워보세요."

"정말 좋아졌어."

오필리어가 대답했다.

이어서 오필리어는 세인트클레어 씨의 어깨에 팔을 얹으며 말했다.

"하지만 오거스틴, 네게 한 가지 물어볼 게 있어. 저 아이가 누구 거지? 너니, 아니면 나니?"

"이미 누님께 드렸잖아요."

"하지만 법적으로는 아니야. 나는 법적으로 저 아이를 갖고 싶어. 그래야 저 애를 해방할 권리가 생기는 거 아니야? 나는 저 애에게 자유를 주고 싶어. 그래야만 내가 지금까지 한 일이 헛수고가 되지 않을 수 있어. 오거스틴, 정말로 저 애를 내게 주고 싶은 거지? 그렇다면 정식으로 법적 서류를 만들어주었으면 해."

"알았어요, 누님. 그렇게 해드릴게요."

세인트클레어 씨는 소파에 앉아 「신문」을 읽기 시작했다. 그러자 오필리어가 다시 입을 열었다.

"오거스틴, 지금 당장 해줄 수 없어?"

"아니, 누님! 왜 그렇게 서두르세요? 제 말을 못 믿으시는 겁니까?"

"아니야, 믿지. 하지만 당장 확실히 해두고 싶어서 그래. 네가 죽거나 파산할 수도 있잖아. 그렇게 되면 톱시는 꼼짝 못 하고 경매장으로 팔려갈 거 아니야?"

"누님, 정말로 용의주도하시군요. 양키(편집자 주: 미국 남북 전쟁 때에 남군이 북군을 조롱하며 이르던 말이다.) 손에 걸렸으니 도리가 없군요. 당장 해드릴게요."

세인트클레어 씨는 즉석에서 「기증 문서」를 작성하고 서명을 한 후 서류를 오필리어에게 주며 말했다.

"자, 여기 있습니다. 톱시는 이제 완벽하게 누님 것입니다."

"전이나 지금이나 내 것이 아니지. 하나님 말고는 저 애를 내게 줄 권리는 아무에게도 없어. 하지만 이제 내가 저 애를 법적으로 보호할 수 있게 된 셈이긴 하지. 오거스틴, 내가 한 가지

물어도 될까?"

"네, 물어보세요."

"이상한 질문일지 모르지만 네가 죽을 때를 대비해서 하인들에게 무슨 조처를 해놓은 거라도 있어?"

"없습니다."

"만일 그런 일이 벌어지면 네가 하인들에게 관대했던 게 그들에게는 독이 될 텐데……."

물론 세인트클레어 씨도 가끔 그런 생각을 하기는 했다. 하지만 그는 깊이 생각해보지는 않았다. 그는 무심코 대답했다.

"그럴 수도 있겠지요. 서서히 준비해야겠어요."

"그전에 네가 죽으면?"

"누님, 제게서 무슨 죽을병 증세가 보이나요? 그렇게 열심히 제가 죽은 후 걱정을 하시다니?"

"삶의 한가운데에서도 우리는 항상 죽음과 함께 있는 거야. 그렇지 않아?"

"하나님만 미래를 아시겠지요. 어쨌든 저는 모든 걸 잃은 셈이니 전보다 훨씬 용감해졌어요. 에바는 제게 전부였으니까요. 더는 잃을 게 없는 사람이 뭔들 못 하겠어요?"

"그래, 앞으로 뭘 하려고?"

"불쌍하고 비천한 사람들을 위해 뭔가 할 겁니다. 우선 우리 집 하인들부터 시작해야겠지요. 어쩌면 흑인들 전체를 위해 뭔가 할 수도 있겠지요. 우리나라의 부끄럽고 잘못된 제도를 개혁하는 일을 할 수도 있고."

"그래, 남부 사람이건 북부 사람이건 할 수 있는 일은 많을 거야. 여길 떠날 때 나는 톱시를 데려갈 거야. 나는 이제까지 입으로만 기독교를 외치고 사랑을 외치면서 실제로는 기독교인답지 않게 생각하고 행동해왔어. 북부에는 그런 사람들이 많아. 아니, 그런 사람들이 대부분이라고 봐도 돼. 이전의 나처럼 인종차별에 젖은 사람들이 많아. 하지만 그런 편견을 바로잡고 선을 실천하려는 사람들도 많아. 나는 그들과 함께할 거야. 톱시도 나를 도울 거고."

"저는 누님이 능히 그 일을 해내리라 믿어요."

잠시 후 세인트클레어 씨는 외출을 했다. 톰이 수행할까 물었지만 세인트클레어 씨는 잠깐 바람만 쐬고 돌아올 것이라며 손을 내저었다.

톰은 베란다에 앉아 있었다. 아름다운 달빛이 비치는 저녁이었다. 톰은 자신의 오두막을 생각하고 있었다. 자신은 곧 자유인이 된다. 그러면 자유롭게 그곳으로 돌아갈 수 있겠지. 돈을 벌어 아내와 자식들도 자유인으로 만들어줘야지. 그는 옛 시절 젊은 주인 조지 생각도 했다. 그리고 언제나처럼 그를 위해 기도했다. 그리고 에바를 생각하다가 깜빡 잠이 들었다.

꿈속에서 에바가 자신을 위해 뛰어오고 있었다. 머리에 재스민 화환을 쓰고 눈은 기쁨으로 빛나고 있었다. 머리 주변으로는 금빛 후광이 보였다. 그러다가 에바는 곧 그의 시야에서 사라졌다. 그때였다. 대문을 두드리는 소리와 사람들이 웅성거리는 소리에 그는 잠에서 깨어났다.

그는 황급히 문을 열었다. 사람들이 집 안으로 들어왔다. 그들은 외투로 둘둘 싼 사람을 데려와 덧문 앞에 눕혔다. 램프 불빛에 그 사람의 얼굴이 드러나자 톰은 경악해 절망의 비명을 질렀다. 그의 비명이 온 집 안에 울렸다. 사람들이 그 사람을 응접실로 옮겼을 때 오필리어는 뜨개질을 하고 있었다. 그 사람은 세인트클레어 씨였다.

세인트클레어 씨는 「석간신문」을 읽기 위해 한 카페로 들어섰다. 그 안에서는 술 취한 두 명의 사내가 싸움을 벌이고 있었다. 그는 서너 명의 사람들과 합세해서 둘을 떼어놓으려 했다. 그는 그중 한 사람의 손에 들린 칼을 빼앗으려다 옆구리를 찔리고 만 것이었다.

곧바로 집 안은 비명과 신음, 절규로 가득 찼으며 하인들은 정신없이 땅에 머리를 찧고 이리저리 구르며 애통해했다. 마리는 히스테리 증세를 보였고 톰과 오필리어만이 겨우 정신을 차리고 있는 것 같았다.

사람들은 세인트클레어 씨를 황급히 응접실 소파에 눕혔다. 과다 출혈로 그의 의식은 희미해지고 있었다. 곧바로 의사가 도착해 진찰했다. 톰은 침착하게 의사를 도왔다.

세인트클레어 씨가 자신의 손을 무릎 꿇고 앉아 있는 톰의 손 위에 놓더니 조용히 말했다.

"톰, 불쌍한 친구!"

"나리! 나리!"

톰은 걱정스운 표정으로 그 말만 되풀이했다.

"톰, 나는 죽을 거야. 기도해줘!"

톰은 떠나가는 영혼을 위해 몸과 마음을 다 바쳐 기도했다. 우수에 젖은 세인트클레어 씨의 커다란 두 눈에 영혼이 어른거리고 있었다.

톰이 기도를 마치자 세인트클레어 씨는 톰의 손을 잡았지만 말은 하지 않았다. 그는 그 손을 놓지 않은 채 눈을 감았다. 영

제18장 재회

겹의 문 앞에서는 검은 손과 흰 손을 서로 동등하게 맞잡을 수 있었다.

제19장 버림받은 사람들

좋은 주인을 잃은 노예들보다 더 버림받고, 보호받지 못하는, 그들보다 더 불쌍한 사람들은 이 세상에 없다. 아버지가 죽으면 아이는 친지들과 법의 보호를 받을 수 있다. 누군가 곁에 있고, 설사 그렇지 않더라도 자신의 의지로 그 무언가를 할 수 있는 권리가 있다.

하지만 노예는 다르다. 법적으로 노예들은 아무 권리가 없는 하나의 상품이다. 모든 것이 주인의 의지에 달린 물건일 뿐이다. 만약 주인이 쓰러지게 되면 그들은 그냥 내던져진 채 그들에게는 아무것도 남지 않게 된다.

노예들은 자신들이 너그러운 주인을 만날 확률이 10퍼센트도 안 된다는 것을 잘 알고 있다. 그래서 노예들은 너그러운 주인의 죽음을 부모의 죽음만큼 애통해한다. 그것은 자식이 부모의 죽음을 애통해하는 것만큼 자연스러운 일이다. 세인트클레어 씨가 숨을 거두자마자 온 집안에 슬픔과 공포 분위기가 감도는 것은 그 때문이다.

장례식이 끝나고 일상생활로 되돌아왔다. 하지만 전과는 다른 일상생활이었다. 이제는 모두의 마음속에 미래에 대한 걱정이 스며들어 있었다. 자유인이라면 "앞으로 뭘 해야 하나?"라는 질문을 하겠지만 노예들 앞에는 "앞으로 어떻게 될 것인가?"라는 막연한 불안만이 놓여 있을 뿐이었다.

그러던 어느 날이었다. 아돌프가 베란다에 앉아 있던 톰에게 와서 말했다.

"톰, 그거 알아? 우리 모두 팔려가게 된대."

"어디서 들었는데?"

"커튼 뒤에 숨어서 마님이 변호사와 이야기를 나누는 걸 들었어."

톰은 한숨을 길게 내쉬며 말했다.

"주님, 주님 뜻대로 하옵소서."

"돌아가신 주인님 같은 주인은 다시는 못 만날 거야. 하지만 여기서 마님과 함께 지내느니 차라리 어디론가 팔려가는 게 나을지도 몰라."

아돌프의 체념과 푸념이 섞인 말이었다.

톰은 베란다에서 내려왔다. 부풀었던 자유의 꿈이 눈앞에 가물거렸다. 마치 항구에 도착하기 바로 전에 난파해버린 배의 선원이 파도 너머로 보이는 고향 집의 지붕을 안타깝게 바라보는 것과 같은 심정이었다.

그는 오필리어를 찾아가서 말했다. 오필리어가 북부로 돌아갈 준비로 한창 바쁠 때였다.

"필리 마님, 세인트클레어 주인님께서 제게 자유를 주시겠다고 약속하셨습니다. 필리 마님께서 주인마님께 한번 말씀드려주시지 않겠습니까? 주인님께서 살아 계실 때 이미 절차를 밟고 있다 하셨으니 주인마님께서 그대로 마무리만 해주시면……."

"그래, 말해보지. 애를 써볼게. 하지만 큰 희망은 품지 않는게 좋을 거야. 어쨌든 최선을 다해볼게."

오필리어는 마리 세인트클레어를 만나 톰 이야기를 전했다. 하지만 역시 그녀가 예상한 대로였다. 죽은 남편의 뜻이니 그대로 따라야 하지 않겠느냐는 오필리어의 말에 마리는 이제 겨우 슬픔에서 벗어나 마음을 추스르려 하는데, 다시 죽은 남편 이야기를 꺼내어 자신을 또다시 괴롭게 만드느냐, 아무도 자기 생각은 하지 않는다고 흐느끼며 오필리어를 몰아붙일 뿐이었다. 오필리어는 도망치듯 올케의 방에서 뛰쳐나올 수밖에 없었다. 그 누구도 그녀 앞에서는 에바 이야기건 세인트클레어 씨 이야기건 단 한마디도 입 밖에 낼 수 없었다.

오필리어는 차선책을 강구했다. 셸비 부인에게 톰이 처한 상황을 알려주고 시급히 구제해달라는 요청을 담은 「편지」를 보내기로 한 것이다.

바로 그다음 날, 톰과 아돌프를 비롯해 모두 여덟 명의 하인들이 노예 창고로 이송되었다. 노예 창고는 노예 상인이 노예를 판매하기 위해 「경매 목록」을 작성하는 동안 노예들을 수용하는 곳이다.

노예 창고! 이 이름만 듣고 독자들은 아마 끔찍한 모습을 떠올릴지 모르겠다. 빛조차 들지 않는 무시무시한 지옥 같은 어두운 동굴의 모습을 그릴지도 모른다. 하지만 잘못된 생각이다. 사람들의 이목과 사회 여론에 어긋나지 않기 위해, 그 일에 종사하는 인간들은 그곳을 아주 지낼 만한 곳으로 포장했다. 더욱이 노예들을 비싼 값에 팔기 위해서는 그들을 윤기 흐르는 건강한 모습으로 시장에 내놓을 필요가 있었다. 그래서 노예 창고에서는 노예들을 잘 먹이고 잘 씻기고 잘 돌봐준다. 뉴올리언스의 노예 창고도 겉보기에 청결했고, 그 안도 지낼 만했다.

세인트클레어 집안의 노예들은 한밤중에 노예 창고의 기다란 방으로 안내되었다. 톰은 트렁크를 내려놓고 그 위에 앉아 벽에 얼굴을 기댔다. 이런저런 생각에 잠을 이루지 못하다가 새벽녘이 되어서야 겨우 선잠에 빠져들었다.

이윽고 어김없이 날이 밝았다. 창고 관리자가 와서 경매장으로 나가는 노예들을 마지막으로 점검했다. 상품 출고 전에 품질 검사를 하는 것과 다를 바 없었다.

얼마 후 노예들은 경매장으로 끌려 나갔다. 경매장에는 수많은 사람이 노예들 주변에 모여 그들의 신체 이곳저곳을 살피고 만지면서 과연 살 것인가 말 것인가를 속으로 재고 있었다. 톰은 그들을 바라보면서 자신이 주인으로 삼고 싶은 사람이 있는지 근심스런 표정으로 살펴보았다. 당신이 만일 톰과 같은 입장이 되어 200명의 사람 중에서 당신의 절대적인 소유주가 될 사람을 고를 입장이 된다면, 아마 톰과 마찬가지로 좀처럼 마음에 드는 사람을 고를 수 없게 되리라. 톰은 열심히 사람들을 살펴보았다. 뚱뚱한 사람, 마른 사람, 키 큰 사람, 땅딸막한 사람, 수다스러운 사람, 인상이 험악한 사람, 평범하게 생긴 사람들이 장바구니에 담을 상품을 고르듯이 사람을 고르고 있었다. 그러나 그들 중 그 누구도 세인트클레어 씨 같은 주인은 없었다.

경매가 시작되기 얼마 전이었다. 작은 키에 어깨가 떡 벌어진 근육질의 남자 한 명이 가슴을 열어젖힌 채 구경꾼을 헤치며 노예 무리를 꼼꼼히 살피기 시작했다. 톰은 그 남자가 자기에게 다가오기 시작하자 속이 울렁거리며 공포감을 느끼기 시작했다. 그가 가까이 오면 올수록 혐오감은 더욱 강해졌다. 둥근 머리에 회색의 큰 눈, 갈색 눈썹, 뻣뻣하고 억센 머리카락을 한 힘이 장사처럼 보이는 사내였다. 천박해 보이는 툭 튀어나온 입에는 담배를 물고 있었다.

그는 톰의 턱을 잡아당겨 이를 살펴본 후 제자리 뛰기를 해보라고 했다. 검사가 끝난 후 그가 물었다.

"어디서 자랐나?"

"켄터키주입니다."

"거기서 뭘 했어?"

"주인님의 농장을 관리했습니다."

"거참, 웃기는 소리로군!"

남자는 곧 다른 노예들에게 갔다. 톰은 제발 그 사람에게 자신이 팔리지 않기를 간절히 원했다.

하지만 톰이 경매대 위로 올라갔을 때 바로 그 사람이 톰을 낙찰했다. 톰이 경매대에서 떠밀려 내려오니, 바로 그 작은 키에 머리가 둥근 사내가 톰의 어깨를 움켜잡았다.

톰의 새로운 주인이 된 그의 이름은 사이먼 리그리였다. 그는 뉴올리언스 이곳저곳에서 도합 여덟 명의 노예를 사들인 후 둘씩 짝을 지어 수갑을 채운 채 부두에 정박 중인 배에 태웠다. 아니다. 그는 그들을 물건 취급했으니 '실었다'고 하는 것이 더 정확한 표현일 것이다.

마침내 배는 어느 작은 마을에 도착했고, 리그리 일행은 그곳에서 하선했다.

제20장 어두운 곳

　　일행은 마차를 타고 상당한 거리에 있는 리그리 농장으로 향했다.

　　길은 황량하고 적막했다. 보통 사람이 그 길을 가더라도 우울해질 만큼 우중충한 길이었으니, 팔려가는 노예들에게는 오죽했으랴! 모두 마차 곁을 스쳐 가는 풍경들을 침울한 눈빛으로 멍하니 바라보고 있었다.

　　한참을 지나자 농장의 담이 보였다. 농장은 퇴락해 보였고 황량했다. 리그리가 농장을 보기 좋게 가꾸는 데는 관심이 없었고 오로지 돈벌이의 도구로만 삼고 있었기 때문이다. 저택 앞 정원에는 잡초만이 우거져 있었고, 이런저런 잡동사니들이 뒹굴고 있었다.

저택은 크고 훌륭했으나 역시 황폐해 있었다. 전 주인이 신경 써서 지은 집을 리그리가 공들여 망쳐놓은 꼴이라고 보는 것이 정확한 표현일 것이다. 창문 유리는 여기저기 깨져 있었으며 덧창도 경첩에 의지해 간신히 매달려 있는 곳이 많았다.

마차 소리에 서너 마리 사나운 개들이 물어뜯을 기세로 달려나왔다. 개들이 톰 일행에게 달려드는 것을 뒤따라온 노예들이 간신히 저지했다.

리그리가 개들을 쓰다듬으며 새로운 노예들에게 말했다.

"자, 잘 보았지? 도망치다가는 어떻게 될지 잘 알겠지? 이 녀석들은 검둥이를 쫓도록 훈련된 맹견들이야. 이 녀석들에게 한번 물리면 그대로 이 녀석들 밥이 되는 거야! 명심해둬야 할 거다!"

이어서 그는 옆에서 굽실거리고 있는 흑인에게 말했다.

"어때 삼보, 별일 없이 잘하고 있었겠지?"

"물론입지요, 주인님!"

리그리는 또 다른 흑인 한 명에게 물었다.

"큄보, 시킨 일, 어김없이 다 처리했겠지?"

"여부가 있습니까요, 나리!"

이 두 명의 흑인은 리그리 농장의 작업반장이라고 할 수 있는 리그리의 심복들이었다. 리그리는 마치 자신의 불도그들을 기르듯이 그들을 야만성과 잔인성이 드러나도록 체계적으로 훈련시켰고, 그 결과 그들의 난폭함은 개들과 어깨를 견줄 정도가 되었다. 흔히 흑인 노예 감독이 백인 노예 감독보다 더 잔인하다고들 하지만 그것은 절대로 인종의 차이 때문에 그렇게 된 것이 아니다. 그 이유는 단순하다. 흑인 노예 감독이 백인 노예 감독보다 훨씬 더 열악한 환경에서 처참한 대우를 받는 노예 출신이기 때문이다. 백인이건 흑인이건 노예는 폭군이 될 기회가 주어지면 가장 사악한 폭군이 될 수 있는 법이다.

리그리는 역사상의 폭군들이 그렇게 했듯이 그곳을 지배하기 위해 아래 사람들을 갈라놓은 후, 서로 경쟁하고 반목하게 만들었다. 삼보와 큄보는 서로를 마음속 깊이 미워하고 있었고, 농장의 모든 노예는 그 둘을 혐오했다. 리그리는 그 셋을 서로 반목하게 함으로써, 각각을 통해 농장에서 무슨 일이 벌어지고 있는지 정보를 훤하게 얻어들을 수 있었고, 그런 식으로 그들 위에 군림할 수 있었다.

"자, 삼보! 이놈들을 이놈들이 지낼 곳으로 데려가. 그리고 네게 여자 한 명 사다 준다고 약속했지? 자, 옜다!"

그는 물라토 여자 한 명을 삼보 앞으로 밀었다.

여자는 뒷걸음질 치며 비명을 질렀다.

"오, 주인님! 제게는 뉴올리언스에 남편이 있습니다."

"도대체 뭔 소리를 하는 거냐! 여기서 또 한 명 가지면 될 거 아냐! 아가리 닥치고 어서 가지 못할까!"

리그리가 채찍을 높이 쳐들면서 소리를 질렀다.

노예들이 머물 곳은 저택으로부터 멀찍이 떨어진 농장 한구석에 있었다. 여러 채의 조잡한 오두막이 줄지어 서 있는 그야말로 황폐한 곳이었다. 톰은 그곳을 보자마자 기가 팍 꺾였다. 그는 남루하나마 자신이 깨끗하게 정돈할 수 있고, 최소한 『성경』을 얹어놓을 수 있는 선반이 있는 오두막, 휴식 시간에는 혼자 조용히 지낼 수 있는 오두막을 머릿속으로 그렸었다. 그러나 몇 개 오두막을 살펴보았지만, 오두막은 그저 황량한 벌판에 껍데기만 씌워놓은 꼴이었다. 아무런 가구도 없었으며 맨땅에 지저분한 밀짚들이 여기저기 흩어져 있을 뿐이었다. 톰이 삼보에게 자기 오두막이 어디냐고 묻자 삼보는 그냥 아무 데나 들어가라고, 여럿이 한 곳에서 지내게 될 것이라고 퉁명스럽게 대답했다.

저녁이 되자 그 오두막의 주인들이 일터에서 지친 몸으로 노예 구역으로 몰려들었다. 모두 심술궂은 표정일 뿐, 새로 온 노예들을 반기는 사람은 아무도 없었다. 그들은 이른 아침 동이 텄을 때부터 감독의 채찍을 맞으며 정신없이 일했다. 더군다나 한창때였기에 그들의 땀 한 방울이라도 더 짜내야 했기 때문이다.

톰은 몰려드는 사람 중에 친하게 지낼 만한 사람이라도 있을지 열심히 눈으로 찾아보았다. 하지만 헛수고였다. 인상을 찌푸린, 짐승과 같은 남자들, 절망한 표정의 지친 여자들밖에 없었다.

큄보가 옥수수가 약간 들어 있는 낡은 포대 주머니를 톰에게 던지며 말했다.

"자, 여기 있어, 가져가. 1주일 치야. 더 이상은 없어!"

노예들은 창고에서 몇 개 안 되는 손절구에 옥수수를 갈아서 빵을 만들어 먹어야만 했다. 늦은 밤이 되어서야 절구는 톰의 차지가 되었다. 그런데 너무 지친 모습의 두 여자가 딱해서 그들의 옥수수를 갈아준 후에야 자신의 옥수수를 갈았다. 그리고 다 꺼져가는 불을 겨우 살려서 빵을 만들어 먹었다.

톰이 자연스럽게 한 그 행동은 그 농장에서는 보기 힘든 자선 행위였다. 곧바로 두 여자의 얼굴에는 상냥함이 드러났고, 그녀들은 그가 빵 만드는 것을 도와주었다. 톰은 빵이 만들어지는 불꽃 옆에서 『성경』을 펼쳐 들었다. 무엇보다 마음의 위로

가 절실했기 때문이다.

　이어서 그는 자신에게 배정된 숙소를 향해 걸어갔다. 숙소로 들어가니 바닥에는 지쳐 잠든 사람들이 늘어져 있었고, 숨이 막힐 정도로 공기가 탁했다. 하지만 밤이슬은 차가웠고 그는 지쳐 있었다. 그는 낡아빠진 담요로 몸을 감싼 채 밀짚 위에 몸을 누이고 곧바로 잠에 빠져들었다.

제21장 캐시

  톰은 이런 새로운 삶에서 자신이 바랄 수 있는 것이 무엇인지, 자신이 두려워해야 할 것이 무엇인지 얼마 되지 않아 깨달을 수 있었다. 그는 능숙하고 숙련된 일꾼으로서, 원칙에서건 실제 행동에서건 언제나 신속하고 정확했다. 그는 열성과 성실함으로 최소한 부분적으로나마 최악의 상황은 피할 수 있으리라는 희망을 품을 수 있었다. 그리고 그 모든 것을 묵묵히 수행할 수 있게 해준 데는 하나님을 향한 종교적 믿음이 든든한 버팀목 구실을 했다.

  리그리는 말없이 톰의 능력을 눈여겨보았다. 그는 톰을 최상급 일꾼으로 평가했다. 하지만 그는 톰을 향한 일종의 반감을 품게 되었는데, 그것은 악이 선에 대해 갖는 자연스러운 혐오감 같은 것이었다. 톰은 고통 받는 동료들에게 연민에 가득 찬 애정을 자주 보여주었고 그것은 이 농장에서는 아무도 일찍이 경험해보지 못한 것이었다. 리그리는 그 모습을 질투에 찬 눈으로 바라보았다.

사실 그는 톰을 자기 농장 감독으로 만들 작정으로 사들였었다. 자신이 농장을 비우는 동안 자기 일을 대행하게 할 속셈이었다. 그 일을 제대로 하려면 무엇보다 잔혹함이 필요했다. 리그리는 톰에게 이 기본적인 자질이 부족하다고 생각했다. 그는 톰이 그 자질을 갖출 수 있도록 훈련을 시키리라 마음먹었다.

그렇게 지내던 어느 날 아침이었다. 노예들이 밭으로 일하러 가기 위해 모였을 때, 한 여자가 톰의 눈길을 끌었다. 분명히 어제는 못 본 여자였다. 그녀를 본 일꾼 여자들이 "흥, 마님께서 납셨군" "쳇, 자기도 깜둥인데 별수 있어?" "거 참 쌤통이다" "어디 일하는 꼴 좀 볼까?" "마님도 매질을 당할까?"라고 수군거렸다.

그녀는 백인의 피가 4분의 3이 섞인 쿼드룬이었다. 큰 키에 호리호리했고 단정한 차림이었으며 삼십 대 중반에서 사십 정도의 나이로 보였다. 그녀의 얼굴은 한 번 보면 잊지 못할 정도로 인상적이었다. 그녀의 얼굴에는 그녀가 겪었을 뼈아픈 고통의 흔적이 새겨져 있었으며 안색도 나빴지만, 한때 빼어나게 아름다웠음이 분명했고, 오뚝한 코와 가지런한 입, 머리와 목의 우아한 선에는 여전히 그 아름다움이 남아 있었다. 하지만 그 눈에는 깊은 절망이 그대로 드러나 있었다. 또한 그녀의 얼굴선 하나하나에, 그리고 그녀의 동작 하나하나에 맹렬한 저항 정신이 담겨 있었고 그와 함께 고뇌와 절망의 그림자도 어른거리고 있었다.

톰은 밭에서 그녀가 일하는 모습을 지켜보았다. 그녀는 아주 숙련된 솜씨로 다른 이들보다 훨씬 쉽게 목화를 따고 있었다. 하지만 얼굴에는 경멸의 표정이 역력했다. 이런 식의 일과 자신의 처지를 비웃고 있음이 분명했다.

톰은 자기와 함께 이곳에 팔려온 물라토 여자 가까이서 일을 하고 있었다. 그녀는 몹시 고통스러워하며 몸을 비틀거리고 있었다. 꼭 그대로 쓰러질 것만 같았다. 일을 제대로 할 수 없었기에 그녀의 바구니는 거의 비어 있었다. 톰은 그녀 곁으로 가서 몇 줌의 목화를 그녀의 바구니에 넣어주었다.

그녀가 놀란 얼굴로 톰에게 말했다.

"아아, 이러지 마세요. 이러면 당신이 곤란해질 거예요."

그때 삼보가 가까이 왔다. 그는 그녀에게 앙심을 품고 있었다. 리그리가 그녀를 어제 자신에게 주었지만 그녀가 한사코 그를 거부했기 때문이다. 그는 구둣발로 여자를 걷어찬 후 톰의 얼굴을 향해 채찍을 휘둘렀다. 톰은 자기 자리로 가서 말없이 일을 계속했지만, 여자는 그대로 땅에 쓰러져 얼마 동안 일어나지 못했고 삼보는 그녀를 내버려둔 채 가버렸다.

톰은 허리를 펴고 일어나서 자신이 딴 목화를 모두 그녀의 바구니에 넣어준 후 자기 자리로 돌아왔다. 순식간에 벌어진 일이었다. 이제 톰의 바구니는 텅 비고 말았다.

그때 앞서 말한 낯선 여자가 톰 가까이로 왔다. 그녀는 깊고 검은 눈을 들어 톰을 바라본 후 자신의 바구니에서 꽤 많은 양의 목화를 꺼내 톰의 바구니에 담아주며 말했다.

"내 이름은 캐시예요. 당신, 여기가 어떤 곳인지 모르는군요. 알았다면 그런 행동은 하지 않았겠지요. 여기 조금만 있게 되면 남을 돕는 일 따위는 하지 않게 될 거예요. 자기 자신을 돌보기조차 어렵다는 걸 알게 될 테니까요."

"마님, 하나님이 저를 지켜주실 겁니다."

톰은 저도 모르게 다른 여자들이 그녀에게 쓰던 호칭을 그대로 썼다.

제21장 캐시

195

그러자 여자가 쓸쓸하게 말했다.

"저는 마님이 아니에요. 그리고 하나님은 이런 곳에는 오지 않으세요."

여자의 입술에는 다시 경멸의 미소가 떠올랐다.

그녀는 다시 일했고 그 속도에 톰은 혀를 내둘렀다. 캐시는 마치 마술처럼 일을 해치웠고 이따금 톰의 바구니에 목화를 넣어주기도 했다.

노을이 지고 일꾼들은 바구니를 머리에 인 채, 목화의 무게를 달고 저장하는 건물을 향해 걸어가고 있었다. 리그리는 그곳에서 두 명의 감독관과 이야기를 나누고 있었다.

삼보가 리그리에게 말했다.

"저 톰이란 놈이 말썽을 부리고 있는뎁쇼. 루시의 바구니에 목화를 계속 넣어주더군요. 손을 좀 봐줘야 하지 않을까요?"

"뭐야, 쌍놈의 검둥이 같으니라고! 맛 좀 봐야겠군! 좋아, 내게 방법이 있어. 저놈 손에 채찍을 쥐어주는 거야. 그걸로 다른 놈들을 후려치게 하는 거지. 녀석이 루시에게 채찍질하게 만드는 거야. 자, 두고 보라고."

이윽고 리그리는 일꾼들이 따온 목화의 무게를 재기 시작했다. 톰은 무사히 통과되었다. 이번에는 루시의 차례였다. 그녀도 충분한 양의 목화를 채우고 있었다. 하지만 무게를 잰 리그리가 무시무시한 표정을 지으며 호통을 쳤다.

"뭐야! 이 게으른 년! 무게가 부족하잖아! 이 옆으로 서. 조금 있다가 맛을 보여줄 테니."

이번에는 캐시의 차례였다. 그녀는 오만한 태도로 리그리에게 바구니를 내밀었다. 리그리는 뭔가 물을 듯이 그녀를 쳐다보았다. 그녀는 리그리를 쳐다보다가 몇 마디 중얼거렸다. 프랑스어였다. 그 말을 듣고 리그리의 얼굴이 일그러지며 마치 그녀를 때릴 듯 손을 절반쯤 치켜들었다. 하지만 그녀는 코웃음을 치며 몸을 돌려 다른 데로 가버렸다. 리그리는 그저 멍하니 바라볼 뿐이었다.

그녀가 가버리자 리그리는 톰을 불러 말했다.

"난 네게 그저 평범한 일을 시키려고 너를 사온 게 아니야. 널 승진시켜주지. 이제부터 감독 일을 하란 말이야. 자, 오늘 저녁부터 당장 훈련을 해야겠다. 이 게으른 년에게 채찍질 맛을 보여줘. 어떻게 하는지는 봐서 알겠지?"

"죄송합니다만, 주인님. 제게 그런 일은 시키지 말아주십시오. 저는 그런 일에는 익숙하지가 않습니다. 그런 일은 해본 적도 없고 할 수도 없습니다. 절대로 할 수 없습니다."

"뭐야? 좋다! 어디 네놈이 끝장나는지, 아니면 해보지 않은 일을 새롭게 배우는지, 두고 보자!"

그 말과 함께 그는 톰을 향해 사정없이 채찍을 휘둘렀다.

"자, 이래도 내가 시키는 짓을 못 하겠다는 거냐?"

톰은 얼굴에 흐르는 피를 손등으로 닦으며 말했다.

"네, 못 합니다. 밤낮으로 죽을 때까지 일할 수는 있습니다. 하지만 제가 옳지 못하다고 생각하는 일은 절대로 못 합니다. 절대로!"

톰이 온순하다고만 생각했던 리그리는 톰의 단호한 태도에 몹시 당황했다. 그 모습을 지켜보고 있던 다른 사람들도 깜짝 놀라 몸을 부르르 떨었다.

잠시 멍청한 표정을 짓고 있던 리그리는 욕설을 퍼붓기 시작했다.

"뭐야? 이 빌어먹을 검둥이! 그래 내가 시키는 일이 옳지 못한 일이란 말이지! 그래, 게으른 년에게 채찍질하는 게 옳지 않다 이거지!"

"그렇습니다. 옳지 않은 일입니다. 저 불쌍한 여자는 몸이 몹시 허약합니다. 그런 여자를 때리는 건 아주 잔인한 짓입니다. 주인님, 차라리 저를 죽이십시오. 죽는 한이 있더라도 그 누구에게든 손대는 일은 절대 하지 않을 겁니다.”

톰은 조용히 말했지만, 그 말에는 바위처럼 단단한 결심이 들어 있었다. 리그리는 분노로 몸을 떨었다. 그로서는 상상도 할 수 없는 일이 벌어진 것이다. 하지만 그는 진짜 악당이었다. 맹수가 눈앞의 사냥감을 갖고 놀듯 그는 폭력을 휘두르고 싶은 충동을 자제하며 조롱하듯 말했다.

“어이쿠, 이거 성자가 나타나셨군. 정말 거룩하신 분이야! 야, 이놈아! 너는 『성경』에서 “종들아, 주인에게 복종하라”는 말씀도 듣지 못했냐? 네놈을 사려고 1,200달러나 들였어! 그런데 내가 네 주인이 아니란 말이냐? 어서 대답해봐!”

리그리의 야비한 그 말은 오히려 톰의 영혼을 환한 승리의 빛으로 채웠다. 톰은 갑자기 몸을 일으키더니 경건하게 하늘을 올려다보았다.

“아닙니다! 절대로 아닙니다! 제 영혼은 나리의 것이 아닙니다. 나리는 제 영혼을 사지도 않았고 살 수도 없습니다. 나리는 어떤 경우에도 제 영혼을 건드릴 수 없습니다!”

“내가 못 건드린다고? 어디 두고 보라지!”

리그리는 삼보와 큄보에게 톰을 창고로 끌고 가 아예 일어나지 못할 정도로 손을 보라고 명령했고, 둘은 아무런 저항도 하지 않는 톰을 끌고 나갔다.

  그날 밤 톰이 창고 안 목화 더미 밑에서 피를 흘리며 신음하고 있을 때 캐시가 그에게 나타났다. 캐시는 물을 애타게 찾는 톰에게 물을 먹여준 후 그의 상처를 치료해주었다.

  그녀가 톰에게 말했다.

  "당신은 용감한 사람이에요. 하지만 여기서는 아무 소용없어요. 포기하세요. 우리는 악마 손에 들어 있고, 그 악마가 너무 강해요."

  "오, 주여! 주를 어찌 포기하란 말입니까?"

  "여기서는 주님을 아무리 불러도 듣지 못하세요. 내가 살아오면서 얼마나 주님을 찾았는지 아세요? 하지만 주님은 결국 저를 이곳 지옥으로 보내셨어요. 우리에게는 희망이 없어요."

  그런 후 그녀는 자신의 과거에 대해 톰에게 모두 이야기해주었다. 자신은 호사스러운 가정에서 어린 시절을 보냈다는 것, 하지만 아버지가 돌아가시자 그만 노예로 팔리게 되었다는 것, 하지만 다행히 자기를 사랑해주는 남자를 만나 행복한 동거 생활을 했고 아들과 딸을 한 명씩 가졌었다는 것, 이후 그 남자의 마음이 변해 다른 곳으로 팔려가게 되었고 아들딸과 헤어지게 되었다는 사연을 길게 이야기했다. 그녀는 이후 여기저기 팔려 다녔고, 이곳까지 오게 되었으며 그녀의 미모에 반한 리그리가 그녀를 안방에 들여앉혔다는 것이었다.

리그리는 이상하게 캐시에게는 꼼짝을 못했다. 그는 캐시에 게서 이상한 마력을 느꼈고, 그 때문에 그녀를 함부로 대하지 못했다. 그는 캐시가 자신에게 도저히 벗어나기 어려운 영향력을 행사하고 있다는 사실이 불편했지만, 그녀를 버리지 못했다. 오늘 캐시가 들판에 가서 일한 것도, 캐시가 리그리에게 마구 대들었고, 화가 난 리그리가 고분고분하게 굴지 않으면 농장 일을 시키겠다고 으름장을 놓은 게 발단이었다. 캐시는 거만하게 콧방귀를 뀌며, 차라리 농장 일을 하는 게 속 편하겠다고 대꾸했다. 그리고 여봐란듯이 하루 종일 농장에서 일함으로써 자신이 리그리의 위협을 얼마나 우습게 여기는지 확실하게 보여 준 것이었다.

그녀는 이 농장에서 유일하게 리그리에게 맞설 수 있는 사람이었다. 리그리는 분명 그녀에게도 폭군이었으며 그녀를 학대했다. 곱게 성장한 그녀를 리그리가 야만인처럼 짓밟았다. 그녀는 절망했다.

그러나 절망한 사람에게서는 일종의 반작용처럼 폭발적 열정이 솟아나는 일도 있는 법이다. 캐시가 그러했다. 그녀는 그 열정으로 가끔 리그리를 제압했다. 그리고 리그리는 그 열정에 굴복하는 데 익숙해졌다. 그는 그녀를 괴롭히는 자이면서 동시에 그녀를 두려워하는 자가 된 것이다.

리그리가 불쌍한 톰을 그토록 잔인하게 폭행하자, 그녀는 리그리를 향한 증오심이 더욱 강해져 그를 맹렬히 비난한 후 톰에게 온 것이었다.

그녀의 말을 들은 톰은 그녀에게 구석에 던져놓은 자기 옷주머니에서 『성경』을 갖다달라고 부탁했다. 그리고 캐시에게 『성경』을 좀 읽어달라고 했다. 캐시는 『성경』을 읽어준 후, 곁에 물을 떠다 주고 창고에서 나왔다.

제22장 자유

우리의 눈길을, 박해자의 손아귀에서 고통 받는 톰으로부터 조지와 그 부인이 머물고 있던 곳으로 옮겨보기로 하자.

우리는 조지와 엘리자를 추적했던 톰 로커가 다쳤고, 조지 일행이 상처 입은 그를 퀘이커교도 정착지로 함께 데리고 갔던 것을 이미 알고 있다.

톰 로커는 퀘이커교도 정착지의 한 집에서 거의 3주 정도 누워 있다가 회복되었다. 자리에서 일어난 그는 전과는 완전히 달라졌다. 그의 얼굴에는 전과 다르게 애수가 서려 있었고 말과 행동도 현명해졌다. 후에 그는 노예를 잡으러 가는 대신 사냥꾼이라는 새로운 삶을 택했다. 그는 퀘이커교도들에 대해 종종 존경 어린 어조로 이렇게 말하곤 했다.

"정말 좋은 사람들이야. 나를 개종시키려 했지만 성공하지는 못했지. 하지만 그 사람들은 아픈 사람들을 정말 잘 돌봐주는 것 같아. 게다가 수프도 정말 맛있어. 과자도 기가 막히게 굽는 단 말이야."

우리가 톰 로커 이야기를 먼저 하는 것은 그가 조지와 엘리자가 자유를 얻는 데 큰 역할을 했기 때문이다. 그는 선더스키에 배를 감시하는 자들이 있다는 소중한 정보를 주면서 이렇게 말했다.

"그들이 무사히 도망갔으면 좋겠습니다. 마크스 그 자식을 엿 먹이기 위해서라도 그렇게 되면 좋겠어요. 그 빌어먹을 개자식! 지옥에나 떨어져라!"

톰 로커에게서 소중한 정보를 얻자 일행은 따로 떨어져서 움직이는 것이 현명하다고 판단했다. 함께 다니다가는 금세 눈에 띌 것이 뻔했기 때문이다. 제일 먼저 짐과 그의 노모가 출발했다. 이어서 하루 뒤 조지와 엘리자도 아이와 함께 마차를 타고 선더스키로 갔고 이리호를 건너기 전에 그곳에서 어느 친절한 사람의 집에서 하룻밤을 묵었다.

밤이 지나 아침이 되었고 자유의 별이 그들 앞에서 빛나고 있었다. 오, 자유!

미국 국민이여! 어찌하여 그 단어 앞에서 그대들의 피는 여전히 끓어오르는가! 그 단어가 한 국가에 그토록 영광스럽고 값진 것이라면 어찌 한 인간에게는 그렇지 않을 수 있단 말인가! 한 국가의 자유란, 그 국가를 이루는 개개인의 자유가 아니고 도대체 무엇이란 말인가!

아프리카인의 피가 흐르는 저 가슴 넓은 젊은 남자, 눈에 불꽃이 반짝이는 저 사내에게 자유란 무엇인가? 조지 해리스에게 자유란 무엇인가? 여러분의 선조들에게 자유란 한 국가가 국가로서 존재하기 위한 권리였다. 그러나 그에게 자유란 한 인간이 인간으로 존재하기 위한 권리, 자기 품에 안긴 아내를 아내라고 부를 수 있는 권리, 모든 불법적인 폭력으로부터 아내를 지킬 수 있는 권리, 자기 아이를 보호하고 키울 수 있는 권리, 자신만의 집과 자신만의 종교와 자신만의 원칙을 가질 수 있는 권리, 타인의 의지에 종속되지 않을 권리 바로 그것이었다. 이런 생각들이 조지의 머리에 떠올랐고 그의 가슴은 뜨거워졌다.

그들은 변장하고 마차에 올랐다. 이윽고 그들은 부두에 도착했다. 그리고 그곳까지 나와 있던 감시자들의 눈을 피해 배에 오를 수 있었다. 변장 덕분이었다.

너무나 좋은 날씨였다. 이리호의 푸른 물결이 햇빛을 받아 반짝이며 일렁거렸다. 배는 재빠르게 물결을 가르며 앞으로 나아갔다. 눈앞에 찾아온 행복에 너무 가슴이 벅차 조지에게는 그 눈앞의 현실이 마치 꿈같이 여겨졌다.

몇 시간이 흐르자 마침내 축복받은 땅이 눈앞에 펼쳐졌다. 그곳은 노예제도라는 검은 마술을 단 한 번의 손길로 단번에 풀어버리는 축복의 땅이었다.

이윽고 종이 울리고 배가 멈췄다. 조지는 거의 몽롱한 상태에서 짐을 찾고 일행을 챙겼다. 그들은 배에서 내렸다. 그들은 배가 다시 떠날 때까지 그대로 서 있었다.

자유를 얻은 그 첫날의 기쁨을 어찌 말로 표현할 수 있으리오! 그 자유의 감각이야말로 우리가 지닌 다른 다섯 가지 감각보다 더 귀하고 소중한 것이 아닌가! 감시당하지 않고, 위험을 느끼지도 않으면서 행동하고, 말하고, 숨 쉬고, 나가고 들어올 수 있는 자유! 그들은 너무 행복해서 잠을 자는 것이 아까울 정도였다.

그들에게는 한 뼘의 땅뙈기도 없었고 몸을 눕힐 집도 없었으며 아끼던 돈도 마지막 한 푼까지 다 써버렸다. 그들은 그냥 자연이었다. 하늘을 나는 새와 땅에서 피어난 꽃과 같은……

제23장 캐시의 탈출 계획

우리 중 많은 사람이, 사는 것보다는 죽는 게 차라리 낫다고 느끼는 순간을 맞이해본 적이 있지 않을까?

톰이 리그리의 박해를 처음 받았을 때는 그 위협에 맞서 영혼이 고양되는 것을 느꼈었다. 그러나 리그리가 준 정신적 자극은 사라지고 지치고 멍든 육체적 고통만 남게 되자, 자신이 처해 있는 비참한 상황을 새삼 뼈저리게 느껴졌다.

리그리는 톰의 상처가 다 낫기도 전에 밭일을 나가라고 명령했다. 그리고 악의적인 모욕과 박해의 나날들이 계속되었다. 평생 쾌활하던 톰도 나날이 우울해져갔다. 게다가 이곳에서는 『성경』을 읽고 마음을 위안할 시간조차 없었다. 여태까지 그를 지탱해준 종교적 평화와 위안이 절망적 어둠 앞에서 꺾여버린 것이다.

그러던 어느 날이었다. 풀이 죽어 앉아 있는 톰 앞에 리그리가 나타났다.

"이봐, 잘난 체하는 늙은 친구! 네놈이 애지중지하던 하나님도 이제 소용이 없군! 그리될 줄 알았지. 어때, 이제 정신이 좀 드나? 그 쓰레기 같은 건 집어치우고 채찍이나 들지그래. 내 교회로 오란 말이야."

순간 톰의 영혼이 다시 깨어났다. 육체와 영혼에 대한 고통과 박해가 극단에 달하면 영혼의 반등 힘이 더 강해지는 때도 있다. 특히 톰처럼 고결한 영혼을 타고난 경우, 영혼의 침체는 일시적 현상에 불과할 뿐이다. 그는 리그리에게 대답했다.

"아닙니다. 저는 끝까지 하나님께 매달리겠습니다. 주님께서 저를 도와주실 수도 있고 아닐 수도 있습니다. 하지만 저는 그분을 믿습니다. 언제까지나!"

"이런 바보 같은 자식! 어디 마음대로 해봐라. 내 기어코 너를 굴복시키고야 말겠다. 어디 두고 보자."

리그리는 이를 갈며 돌아가버렸다.

이후 톰의 마음에는 그 무엇도 침범할 수 없는 평화가 찾아왔다. 그리고 그의 평화로운 마음에 늘 구세주가 함께하며 그

마음의 신전을 축성(祝聖)해주었다. 그는 이제 현실적 희망과 고통, 육체적 욕망과 동요를 초월하여 지낼 수 있었다. 그리고 그는 이전처럼, 혹은 이전보다 더 열심히 고통 받는 주변 사람들을 동정하고 도우며 지냈다. 그리고 일요일이면 많은 사람이 마치 교회에 나가듯 그의 주변에 모여 하나님의 말씀에 귀를 기울였다.

그러던 어느 날 밤이었다. 새벽 1시가 넘은 시각이었다. 숙소 사람들이 모두 잠들고 톰은 깨어 있었는데, 통나무 사이 구멍으로 캐시의 얼굴이 보였다. 그녀는 손짓으로 톰을 밖으로 나오라고 했다. 톰은 밖으로 나갔다. 밝은 달빛이 평화롭고 순결하게 널리 지상을 비추고 있었다. 그 달빛이 캐시의 크고 검은 눈을 비추자, 그 눈이 절망에 젖어 있던 평소와는 달리 불타오르듯 빛나고 있음을 톰은 알 수 있었다.

"톰 목사님, 어서 이리 오세요."

그녀는 다른 일꾼들이 그러듯 그를 목사님이라고 불렀다.

그녀가 자그마한 손으로 톰의 손목을 잡고 으슥한 곳으로 이끌었다.

"왜 그러세요, 캐시 마님."

"톰, 자유의 몸이 되고 싶지 않아요?"

"그렇게 될 겁니다. 하나님께서 원하실 때."

"오늘 밤 자유롭게 될 수 있어요. 리그리가 깊이 잠들었어요. 내가 위스키 속에 깊이 잠들 수 있는 약을 넣었어요. 약만 좀 더 있었어도 당신 도움이 필요 없었을 거예요. 내가 도끼를 준비해두었어요. 저는 힘이 없어서 직접 할 수 없으니 목사님 도움을 청하는 거예요."

"안 됩니다!"

톰이 그 자리에 멈춰 서며 단호하게 말했다.

"그런 짓을 하느니 차라리 제 오른손을 잘라버리겠습니다. 선은 악한 행동에서 나올 수 없습니다. 그분이 오실 때까지 기다려야 합니다."

"기다리라고요! 어떻게 더 기다리라는 거지요! 제가 그동안 얼마나 큰 고통을 겪으며 기다렸는데! 게다가 저자가 없어지면 고통 받는 사람들을 구해주는 셈인데요."

"안 됩니다. 예수님께서는 우리를 위해 피를 흘리셨습니다. 오, 하나님, 우리가 예수님의 길을 따르고 원수를 사랑할 수 있도록 도와주소서!"

"사랑이라고요? 저런 자를 사랑하라고요!"

"그렇습니다. 그게 진정한 승리입니다."

이어서 톰은 눈물을 흘리며, 목멘 소리로 하나님의 영광을 찬미하며 캐시를 설득했다. 그의 열정, 뜨거운 눈물, 부드러운 목소리가 드디어 캐시의 마음을 움직였다. 그녀는 고개를 떨구었다. 그의 손목을 잡은 그녀의 손에서 긴장이 풀리는 것을 톰은 느낄 수 있었다.

잠시 조용히 캐시를 바라보던 톰이 말했다.

"캐시 마님, 가능하다면 피를 흘리거나 죄를 짓지 않고 마님 혼자 빠져나가실 수 있는 방법을 찾아보시라고 권해드리고 싶습니다."

"톰 목사님도 함께 가시는 건 아니고요?"

"아닙니다. 저도 그러고 싶을 때가 있었지요. 하지만 주님께서 제게 이곳에 머물며 불쌍한 사람들을 도와주라고 하십니다. 저는 이 사람들과 함께 머물며 끝까지 함께 십자가를 지겠습니다. 하지만 마님은 경우가 다릅니다. 마님은 덫에서 빠져나가는 것과 같습니다. 제가 마님을 위하여 힘껏 기도하겠습니다."

사실 캐시는 이전에 여러 번 탈출 계획을 세웠었다. 하지만 번번이 불가능하다고 생각해 포기했었다. 그런데 바로 그 순간 번쩍하고 멋진 계획이 하나 떠올랐다. 너무 간단하고 그럴듯해서 그녀는 희망에 부풀었다.

"톰 목사님, 한번 해보겠어요."

"아멘! 주님께서 마님을 도와주실 겁니다."

리그리 저택의 다락방은 대부분 다락방이 그렇듯 먼지투성이에 거미줄이 매달린 상태로 버려져 있었다. 그곳에는 버려진 가구들, 포장용 상자들이 구석에 놓여 있었다. 그리고 작은 창문이 하나 있었다. 전반적으로 다락방 분위기는 음산해서 유령이라도 나올 것 같았다. 게다가 흑인들 사이에는 전설 같은 이야기가 퍼져 있어서 그 다락방을 더욱 무섭게 만들었다.

몇 년 전 리그리는 한 흑인 여자가 마음에 안 드는 짓을 했다며 그 다락방에 감금한 일이 있었다. 그때 무슨 일이 일어났던가? 우리는 그에 대해 자세히 모른다. 다만 흑인 여자들이 은밀히 소곤거리기 시작했다는 것만 안다. 그 불쌍한 여자의 시체가 그 다락방에서 옮겨져 매장되었다는 이야기였다. 이후 그 오래된 다락방에서 욕하고 저주하는 소리, 절망적인 울부짖음이 뒤섞여 울려 퍼진다는 이야기도 이어졌다. 리그리는 우연히 그 이야기를 듣고, 누구든 다락방 이야기를 하면 그곳에 쇠사슬로 묶어 가둬놓겠다고 으름장을 놓았다.

그리하여 그곳은 아무도 가지 않는 곳이 되었고 리그리도 절대로 발길을 하지 않았다. 리그리는 미신을 믿었기에 다락방 창문이 덜컹거리는 소리만 들려도 두려움에 몸을 덜덜 떨었다. 캐시는 탈출에 성공하기 위해 리그리의 그 미신적 공포를 이용하기로 마음먹었다.

캐시의 침실은 바로 다락방 아래였다. 어느 날 그녀는 리그리와는 아무 상의도 없이 자기 방에 있는 짐들을 멀리 떨어진 방으로 옮기기 시작했다. 그녀는 하인들을 불러 이사를 돕게 했다. 말을 타고 산책에서 돌아온 리그리가 그 광경을 보고 물었다.

"캐시, 지금 무슨 짓을 하는 거야?"

"방을 바꾸려고. 도무지 잠을 잘 수가 있어야지."

"왜? 뭣 때문에 잠을 못 잔다는 거야?"

"별거 아니야. 한밤중에 위쪽 다락방에서 신음 소리, 사람들 싸우는 소리가 들려. 사람들 구르는 소리도 들리고."

"사람들 소리가 들린다고? 그게 누군데?"

"그러게, 그게 누구지? 당신이 더 잘 알 텐데. 내게 좀 알려 줬으면 좋겠네."

리그리는 화를 내며 채찍을 휘둘렀지만 캐시는 재빨리 피했다. 그녀는 자신의 화살이 적중했음을 알았다. 그때부터 그녀는 자기가 착수한 일을 계속 착착 진행했다.

그녀는 우선 다락방 지붕 구멍에 낡은 병의 좁은 주둥이를 집어넣었다. 그러자 바람이 약하게 불어도 구슬프게 울부짖는 듯한 소리가 났고, 강한 바람이 불면 공포와 절망에 빠진 것 같은 비명이 났다. 미신에 빠진 리그리 같은 사람에게는 달리 생각할 여지가 전혀 없었다.

그 소리에 농장 전체에는 다시 옛 전설이 되살아나 떠돌기 시작했고, 리그리도 그런 분위기에 휩싸였다. 캐시는 리그리를 데리고 게임을 계속했다. 드디어 리그리는 다락방을 살펴보니 차라리 사자의 입에 머리를 집어넣는 게 나을 정도로 다락방을 무서워하게 되었다. 그는 그곳으로는 눈길조차 주지 않았다.

그사이 그녀는 아무도 모르게 매일 밤 다락방으로 가서 그곳에 상당한 양의 식량과 옷가지들을 차곡차곡 쌓아놓았다. 모든 준비가 다 되자 그녀는 드디어 탈출을 시도했다. 그리고 탈출에 성공했다.

독자 여러분은 그 사나운 개들과 추적대를 피해 그녀가 어떻게 탈출에 성공했는지 궁금할 것이다. 그녀가 사라지자 물론 리그리가 개들을 풀고 삼보와 큄보와 다른 노예들을 앞세워 추적을 시작했다. 그러나 헛수고였다. 그녀는 감쪽같이 사라진 것이다. 그녀는 도망간 것이 아니라 리그리가 자신을 추적한 틈을 타서 가장 안전한 곳, 즉 다락방으로 되돌아왔다. 개들이 냄새를 맡고 쫓아올 것에 대비해 그녀는 늪지대를 건너 돌아왔다. 그로 인해 개들이 그녀의 자취를 잃고 만 것이다.

이제 그녀는 리그리가 절대로 그곳을 향해 고개조차 돌리지 않는 다락방에 얼마간 숨어 있으면 된다. 식량도 충분히 챙겨 놓았으니 아무 염려가 없었다. 그리하여 리그리가 완전히 체념하고 추적을 포기했을 때 살짝 빠져나가면 된다. 아 참, 캐시가 되돌아와 다락방으로 올라가기 전에 리그리의 서랍을 뒤져 얼마간 돈을 챙겼다는 사실도 독자 여러분에게 알려줘야겠다. 무사히 탈출에 성공한 후, 그녀의 앞날을 걱정할 독자들이 많을 테니까.

제24장 순교자

캐시의 탈출은 난폭한 리그리의 성질을 극한까지 몰고 갔고 그의 분노는 우리가 예상했던 대로 톰을 향했다. 게다가 리그리가 캐시의 탈출 소식을 일꾼들에게 다급하게 전했을 때 톰은 갑자기 눈을 빛내며 두 손을 들어 기도하는 자세를 취했다. 리그리가 이를 놓칠 리 없었다.

또한 리그리가 일꾼들에게 어서 캐시를 추적하라고 명령을 내렸지만, 톰은 꿈쩍도 하지 않았다. 리그리는 강제로 그를 추적대에 끼게 할까 생각했지만, 곧 그만두었다. 비인간적인 행동을 시키면 언제나 강하게 저항했던 것을 알고 있었던데다 수색을 서둘러야 했기 때문이다.

캐시를 잡지 못하고 돌아온 리그리는 톰에 대한 증오로 속이 부글부글 끓었다. 저놈은 사들여 올 때부터 번번이 내게 맞서지 않았던가? 한결같이 뻣뻣하고 길들지도 않고. 노예인 주제에!

하지만 그는 당장 톰을 어쩌지는 않았다. 그는 '우선은 캐시를 잡아 오는 게 급선무야. 놈이 그년의 탈출을 도와준 게 분명하니 캐시를 잡아 온 후 둘을 한꺼번에 족쳐야지'라고 생각했다.

다음 날도, 그다음 날도, 또 그다음 날도 며칠간 추적은 계속되었다. 하지만 도망자는 흔적조차 없었다. 캐시는 구멍을 통해 밖을 내다보며 냉소를 흘리고 있었다.

드디어 리그리가 더는 참지 못하고 큄보에게 소리쳤다.

"야, 큄보, 어서 가서 그 늙은 놈을 끌고 와. 그놈이 다 알고 있을 거야. 그놈의 검은 껍질을 벗겨서라도 내막을 알아내야겠어."

삼보와 큄보는 서로를 싫어했지만 둘 다 톰을 싫어한다는 점에서는 한마음이었다. 리그리는 자신이 출타할 경우 총감독으로 삼으려고 톰을 사들였다고 했다. 그래서 둘은 톰에게 악의를 품고 있었는데, 리그리가 톰을 미워하니 얼씨구나 하고 그를 향한 적의를 더욱 불태우게 되었다. 비열하고 모자란 자들은 자신을 억압하는 자가 미워하는 사람을 덩달아 미워하게 되는 법이다.

톰은 모든 사태를 예견하고 기다리고 있었다. 그는 캐시의

제24장 순교자

탈출 계획을 모두 알고 있었고 지금 그녀가 어디 숨어 있는지
도 알고 있었다. 그는 지금 자기가 맞서려는 자가 얼마나 잔인
하고 난폭한 자인지도 잘 알고 있었다. 하지만 톰은 신앙심 덕
분에 강인한 정신력을 지닐 수 있었으며, 힘없는 사람을 배신
하느니 기꺼이 죽음을 맞을 각오가 되어 있었다.

  큄보에게 끌려가는 도중, 나무와 관목, 노예들의 오두막 등
그의 처참한 현재 상황을 보여주는 그 모든 것이 마치 달리는
마차 안에서 바라보는 풍경처럼 톰의 곁을 스쳐 지나갔다. 그
의 심장이 고동쳤다. 그는 해방의 순간이 가까이 오고 있음을
느꼈다.

  리그리가 톰에게 곧바로 가까이 오더니 톰의 윗옷 깃을 잡으
며 말했다.

  "이봐, 톰! 내가 어떤 결심을 했는지 알겠느냐? 네놈을 죽이
기로 한 걸!"

  "그러실 줄 알았습니다."

  톰이 너무나 평온하게 대답했다.

  "똑바로 들어! 나는 네놈을 죽일 거란 말이다! 알겠나, 톰?
네놈이 알고 있는 걸 말하지 않으면."

  톰은 아무 말 없이 서 있었다.

"어서 불지 못해!"

리그리가 다시 으르렁거렸다.

"말씀드릴 게 없습니다."

톰이 느리게, 하지만 단호하고 침착하게 말했다.

"이 검둥이 예수쟁이! 감히 그런 식으로 버티겠단 말이지? 정말 아무것도 모른단 말이냐?"

"알고 있습니다. 하지만 아무 말도 해드릴 수 없습니다. 죽어도 좋습니다."

리그리는 숨을 크게 들이켰다. 그는 끓어 오르는 분노를 이기지 못하고 톰의 얼굴에 자신의 얼굴을 바싹 들이대고 무시무시한 목소리로 말했다.

"잘 들어! 내 말이 진담처럼 들리지 않는 모양이군. 하지만 이번엔 달라. 계산은 끝났어. 네놈은 언제나 내게 대들었지. 하지만 오늘은 네놈을 굴복시키든가 죽이든가 둘 중의 하나야. 네놈이 굴복할 때까지 네놈의 피를 한 방울 한 방울 빼내서 네놈 핏줄에서 피를 말려버리겠다!"

톰은 눈을 들어 리그리를 바라보며 말했다.

"나리, 제 피가 나리의 육신의 병을 고칠 수 있다면 몽땅 빼드리지요. 하지만 나리, 영혼의 죄를 범하지는 마십시오. 그건 저보다 나리께 더 큰 해를 끼칠 겁니다. 제 고통은 금세 끝나지만, 나리의 고통은 결코 끝이 없을 것입니다."

그 말에 리그리는 잠시 화석처럼 굳은 채 톰을 바라보았다. 하지만 그것은 잠시일 뿐이었다. 격노한 리그리는 입에 게거품을 물고 톰을 사정없이 때리기 시작했고 톰은 그 자리에 쓰러졌다. 톰이 쓰러지자 리그리는 삼보와 큄보에게 그를 사정없이 구타하라고 명령하고 자기는 뒤로 물러났다.

하지만 톰의 입에서는 결코 비명이나 살려달라는 애원이 나오지 않았다. 그는 남을 구하려면 자신은 구할 수 없다는 것을 잘 알고 있었다. 마치 예수처럼…… 그 어떤 가혹한 행위 앞에서도 톰의 입에서는 기도와 거룩한 믿음의 말만이 나올 뿐이었다.

"거의 죽었습니다, 주인 나리."

희생자의 인내에 자기도 모르게 감동한 삼보의 입에서 나온 소리였다.

"더 때려! 놈이 굴복할 때까지 때리라고! 자백할 때까지 피란 피는 다 뽑아내란 말이야!"

리그리가 으르렁거리며 소리쳤다.

톰은 겨우 눈을 뜨고 리그리를 쳐다보았다. 그가 말했다.

"가엾고 비참한 분! 그대가 내게 할 수 있는 건 더는 아무것도 없습니다. 내 온 영혼을 다해 당신을 용서합니다."

그 말과 함께 톰은 정신을 잃었다.

그것을 보고 리그리가 말했다.

"마침내 끝났군. 그래 됐어! 결국 저 더러운 아가리가 닫힌 거야! 정말 잘됐어!"

하지만 톰의 숨이 완전히 끊어진 것은 아니었다. 죽어가면서 그의 입에서 나온 경건한 기도의 말은 그에게 잔인한 짓을 저지른 두 살인 집행자들을 감동시켰다. 리그리가 가버리자마자 둘은 톰을 살려내려고 애썼다.

"우리가 너무 나쁜 짓을 한 거야."

삼보의 말이었다.

그들은 톰의 상처를 씻고 목화를 모아 요를 만든 후 그 위에 톰을 눕혔다. 그리고 저택으로 달려가 브랜디를 가져와서 톰에게 한 모금 마시게 했다.

"톰, 우리가 너무 잘못했어."

큄보가 톰에게 진심으로 사과했다.

그러자 톰이 희미한 목소리로 말했다.

"당신들을 진심으로 용서해."

둘은 눈물을 흘렸다.

제25장 젊은 주인

이틀 뒤 한 젊은 남자가 작은 마차를 타고 리그리의 농장으로 향하는 오솔길에 나타났다. 망설일 필요 없이 그의 정체를 밝히기로 하자. 그는 조지 셸비였다. 그가 어떻게 이곳에 나타나게 되었는지 알기 위해서는 우리의 이야기를 조금 거슬러 올라가야 한다.

오필리어가 셸비 부인에게 보낸 「편지」는 불행히도 한두 달 정도 어느 외진 우체국에 붙들려 있다가 늦게야 전달이 되었다. 그리고 그때는 이미 톰이 레드강 저편 늪으로 팔려간 뒤였다. 셸비 부인은 「편지」를 받고도 곧장 행동에 나설 수 없었다. 남편 셸비 씨가 몹시 심하게 앓고 있었기 때문이다. 조지 셸비는 믿음직한 청년이 되어 어머니를 돕고 있었다.

얼마 안 되어 셸비 씨가 세상을 떠났다. 셸비 부인과 조지는 재산을 점검하고, 일부 재산을 처분해서 빚을 갚는 일에 한동안 전념할 수밖에 없었다.

이윽고 집안일이 정리되자 조지는 톰에 대한 소식을 들으려고 뉴올리언스로 갔다. 그는 그곳에서 몇 달간 수소문 끝에 톰이 있는 곳을 알게 되었다. 그는 톰을 되살 수 있는 돈을 수중에 넣은 채, 리그리 농장을 찾아 나선 것이었다.

조지는 곧 저택으로 안내되어 응접실에서 리그리를 만났다. 조지가 먼저 입을 열었다.

"당신이 뉴올리언스에서 톰이라는 흑인을 샀다는 이야기를 들었습니다. 그는 제 아버지 농장에 있던 사람입니다. 그를 다시 사기 위해 이렇게 왔습니다."

그러자 리그리의 얼굴이 어두워지더니 화를 내며 큰 소리로 말했다.

"그래요, 그런 놈을 샀지요. 무슨 그 따위 손해 보는 장사를 했는지! 그렇게 대들기만 하고 건방지고 뻔뻔스러운 놈을 사다니! 내 검둥이를 도망시키기까지 했소! 그놈, 내가 단단히 맛을 보여줬지. 이제껏 그놈처럼 심하게 매를 맞아본 검둥이는 없을 거요. 뒈져가는 중이겠지."

"어디 있습니까? 당장 만나봐야겠습니다."

조지가 소리쳤다. 그의 눈이 분노로 이글거렸고 얼굴이 시뻘 겋게 되었지만 그는 신중하게 꾹 참고 더 이상의 말은 하지 않 았다.

리그리가 아무 말이 없자 조지의 말고삐를 잡고 거기까지 안 내했던 어린 노예가 "창고에 있어요"라고 대답했다. 리그리가 욕설을 내뱉으며 그 노예를 걷어찼지만 조지는 그들을 내버려 둔 채 황급히 창고로 걸음을 옮겼다.

그날 이후 톰은 꼬박 이틀을 누워 있었다. 그리고 지난밤 자 신을 위해 톰이 희생되었다는 것을 알게 된 캐시가 발각될 위 험을 무릅쓰고 톰을 찾아왔었다. 하지만 상대방을 위로한 것은 캐시가 아니라 오히려 톰이었다. 캐시는 이 숭고한 영혼 앞에 서 눈물을 흘리며 기도를 올렸다. 캐시를 제외하고는 그를 찾 아오거나 돌본 사람은 아무도 없었다. 모두 매정해서라기보다 는 리그리가 무서워서였다.

창고로 들어서는 순간 조지는 현기증을 느꼈다. 마음이 너무 아파 견딜 수가 없었고 무릎이 휘청거렸다.

그는 톰 앞에 무릎을 꿇으며 소리쳤다.

"오, 이럴 수가! 오, 안 돼! 톰 아저씨! 오, 내 친구! 나예요!

당신의 꼬맹이 조지! 날 알아보겠어?"

"조지 도련님!"

톰은 눈을 떴다. 놀라는 기색이 역력했다. 어떤 생각과 기억이 천천히 그의 영혼을 채우는 것 같았다. 흐릿했던 눈이 또렷해지더니 반짝 빛났다. 그의 얼굴이 환해지더니 거친 두 손을 꼭 마주 잡았다. 그의 뺨 위로 두 줄기 눈물이 흘러내렸다.

"오, 주님을 찬미하라! 이것이, 이것이…… 제가…… 제가…… 진정으로 원하던 것이었으니! 오, 그들이 나를 잊지 않았구나! 아, 이 늙은 마음을 따뜻하게 해주는구나. 이제 기쁜 마음으로 죽을 수 있습니다!"

"안 돼! 죽으면 안 돼! 내가 아저씨를 다시 사러 왔어. 아저씨를 집으로 데려갈 거야!"

조지가 부르짖었다.

"오, 조지 도련님! 너무 늦게 오셨습니다. 이미 주님께서 저를 사셨습니다. 주님이 저를 부르십니다. 어서 그분께 가야 합니다. 천국이 다가옵니다. 저는 승리했습니다!"

톰의 열정에 경외감을 느낀 조지는 조용히 톰을 바라보며 앉아 있었다.

톰이 말을 이었다.

"불쌍한 내 아내 클로이에게는 저의 이런 모습을 전해주지 마세요. 그저 제가 하나님의 영광 속으로 들어갔다고만 말씀해 주세요. 아, 불쌍한 내 아이들! 그 아이들을 생각하면 늘 마음이 아팠습니다. 그 애들에게는 아비의 길을 따르라고 전해주세요. 그리고 마님께 사랑한다는 말씀 전해주시기 바랍니다. 늘 감사했던 마님! 그 외 모든 이들에게 사랑한다고 전해주세요."

그때 리그리가 어슬렁거리는 발걸음으로 창고 앞에 나타났다. 그러고는 무심한 척 창고 안을 슬쩍 들여다보더니 다시 가버렸다.

"늙은 악마 놈!"

조지가 소리쳤다.

"저놈은 꼭 대가를 치르게 될 거야!"

"도련님, 그런 말씀 마세요. 저 사람도 불쌍한 사람입니다. 저 사람이 회개할 수 있다면 주님도 용서해주실 겁니다."

"저자가 회개한다고! 절대 그러면 안 돼! 난 저런 자를 천국에서 보고 싶지 않아!"

"도련님, 그렇게 생각하지 마세요. 저 사람은 제게 해를 가한 게 아닙니다. 천국으로 가는 길을 열어준 것뿐이지요."

톰은 승리자의 미소를 띤 채 영원한 잠 속으로 빠져들었다.

조지는 엄숙한 경외감을 느끼며 그 자리에 한참을 앉아 있었다. 어느새 나타났는지 리그리가 조지의 뒤에 서서 시신을 바라보고 있었다.

얼마 후 조지는 두세 명의 검둥이에게 톰의 시신을 마차가 있는 곳으로 운반해달라고 했다. 조지는 마차 안에 상의를 펼쳐놓고 그 위에 시신을 조심스럽게 올려놓았다.

조지는 거기까지 뒤따라온 리그리에게 말했다.

"내가 아무 행동도 안 하고 가만히 있을 것 같소? 당국에 이 살인 사건을 고발할 거요."

그러자 리그리가 비웃음을 띤 채 손가락 마디를 꺾으며 말했다.

"좋으실 대로! 한번 보고 싶군. 헌데, 증인은 어디서 찾으려나? 그걸 어떻게 증명할 건가?"

순간 조지의 말문이 막혔다. 리그리의 말은 사실이었다. 이 농장에는 백인이라곤 없었다. 남부의 법정에서는 유색인종의 증언은 아무런 법적 효력이 없었다.

조지는 울분으로 마치 하늘을 찢어버릴 것처럼 울부짖었다. 그러자 리그리가 비웃었다.

"검둥이 하나 죽은 것 갖고 뭘 그러시나, 원!"

그 말을 듣고 조지가 드디어 폭발했다. 그는 그 모든 걸 참아내기에는 혈기가 왕성한 젊은이였다. 그는 몸을 돌려 리그리의 얼굴에 일격을 가했다. 분노가 엄청났기에 온 힘이 실린 가격이었고, 리그리는 그대로 땅 위를 뒹굴었다. 땅 위에 자빠진 리그리를 내려다보고 있는 조지의 모습은 흡사 악을 제압한 전사의 모습 같았다.

세상에는 남에게 얻어맞은 뒤, 자기를 때려눕힌 사람에게 존경심을 품는 자들도 있다. 리그리가 바로 그런 사람이었다. 그는 일어나 옷의 먼지를 털고서, 천천히 멀어져가는 마차를 바라보았다. 그의 눈에는 묘한 존경의 빛이 담겨 있었다.

조지는 농장의 경계를 벗어난 곳에서 나무 그늘이 진 모래둔덕을 발견했다. 그는 그곳까지 함께 온 흑인들의 도움으로 톰을 그곳에 묻었다.

조지는 무덤 앞에 무릎을 꿇으며 말했다.

"영원하신 주여, 제 맹세를 지켜봐주십시오. 맹세하노니, 저는 이 시간부터 내 나라에서 노예제도라는 저주를 몰아내기 위해 온 힘을 다 바치겠습니다!"

제26장 캐시, 탈출에 성공하다

이 무렵 리그리 농장에는 귀신이 나온다는 이야기가 떠돌았고 상당한 근거가 있었다. 사람들은 한밤중에 귀신이 다락방 계단을 내려와 저택 주변을 어슬렁거린다고 낮은 목소리로 속삭였다.

귀신의 형태에 관해서는 중구난방이었다. 아마 귀신이 나타나면 눈을 가리거나 얼굴을 담요로 뒤집어쓰거나 도망가버렸기 때문에 그 모습을 제대로 보지 못했기 때문일 것이다. 사람들은 저마다 귀신의 모습을 멋대로 상상해서 지어냈다. 하지만 단 한 가지, 귀신이 하얀 옷을 입은 여자라는 점에는 의견이 일치했다.

흰옷을 입은 여자 귀신은 귀신이 나타날 만한 시간이면 어김

없이 나타나 리그리 저택을 돌아다녔다. 집 주위를 배회하다가 사라졌는가 하면 다시 나타났고 조용히 계단을 걸어 올라가 다락방 안으로 사라졌다.

리그리에 귀에 그 소문이 안 들어갈 리가 없었다. 그는 낮 동안에는 전보다 훨씬 더 술을 많이 마셨고 욕설을 마구 퍼부었다. 그리고 밤에는 악몽에 시달렸다. 그리고 그의 눈에 환영이 보였다.

어느 날 그가 곤하게 잠에 빠져 있을 때였다. 그는 비명과 신음을 어렴풋이 들었다. 그는 잠에서 깨어나려고 발버둥 쳤다. 하지만 완전히 잠에서 깨어나지는 못하고 반수면 상태에서 정신이 몽롱한 채 있었다. 그때였다. 문이 살며시 열렸다. 흐릿한 달빛 속에서 뭔가 하얀 것이 방 안으로 들어오고 있었다. 이어 차가운 손이 그의 머리를 만지더니 "오라! 오라! 오라!"라고 세 번에 걸쳐 말했다. 그는 겁에 질려 꼼짝도 할 수 없었다. 그사이 그 하얀 그림자는 어느새 사라졌다. 그는 침대에서 벌떡 일어나 문을 잡아당겼다. 분명히 잠근 그대로였다. 그는 그 자리에서 기절해 쓰러졌다.

그 일이 있은 후, 리그리는 술을 엄청나게 퍼마셨고 그가 죽어가고 있다는 소문이 일대에 퍼졌다. 그는 비명을 지르고 헛

소리를 질러댔으며 그의 헛소리를 들은 사람들은 온몸이 오싹해졌다. 그가 죽어가는 침대 바로 곁에서 흰옷을 입은 귀신이 음산한 목소리로 말하고 있었다.

"오라! 오라! 오라!"

그는 다시 기절했다.

우연의 일치인지 귀신이 그의 곁에 나타난 다음 날 새벽, 저택의 현관문이 열려 있었다. 그리고 캐시는 마을 근처 숲에서 잠시 쉬고 있었다.

위에서 아래까지 완전히 검은 옷으로 차려입은 캐시는, 스페인풍의 귀족 복장이었다. 그녀는 인근 마을 여관에 묵었다. 그녀의 매너, 말투 덕분에, 특히 그녀가 넉넉한 돈을 지니고 있었기에 여관에서는 그녀를 조금도 의심하지 않았다.

여관에 도착했을 때 제일 먼저 그의 눈에 들어온 사람은 조지 셸비였다. 그는 그 여관에 머물면서 배를 기다리고 있었다.

캐시는 그 젊은이가 톰의 시신을 매장하러 가져가는 것도 보았고, 리그리를 때려눕히는 장면도 훔쳐보았다. 밤중에 귀신 복장을 하고 다니면서 흑인들이 하는 말을 엿들은 결과 그가 톰과 어떤 관계인지도 다 알게 되었다.

제26장 캐시, 탈출에 성공하다

231

이윽고 증기선이 들어오자 조지 셸비가 공손한 태도로 캐시가 배에 오르는 것을 도와주었다. 배가 레드강을 지나는 동안 캐시는 몸이 아프다는 핑계로 자신의 선실에서 나오지 않았다. 배가 미시시피강에 도착하자 조지와 캐시는 북쪽으로 향하는 신시내티호로 갈아탔다. 큰 배로 갈아탄 후 캐시는 난간에 나와 앉아 있기도 하고 식당에도 자주 들어왔다.

조지는 이제 그녀의 얼굴을 자세히 바라볼 수 있었다. 그는 그녀의 얼굴이 자기가 알고 있는 어떤 얼굴과 너무 비슷해서 놀랐다. 그는 그녀로부터 시선을 뗄 수가 없었다.

조지가 자신의 얼굴을 자주 쳐다보자 캐시는 불안해졌다. 그녀는 자신이 의심받고 있다고 지레짐작했다. 그녀는 그렇게 의심을 받느니 아예 모든 것을 털어놓기로 했다. 조지의 관대함에 모든 것을 맡기기로 한 것이다. 그녀의 고백을 들은 조지가 그녀가 무사히 목적지에 도달할 수 있도록 최선을 다해 보호해 주겠다고 말했음은 물론이다.

캐시 옆의 선실에는 드투라는 이름의 프랑스 귀부인이 있었다. 그녀에게는 열두 살 정도 된 예쁜 딸이 있었다. 이 부인은 조지가 켄터키주 출신이라는 것을 알게 되자 유난히 반가운 기색을 보이며 그와 친해지려고 애를 썼다.

어느 날, 조지가 드투 부인의 선실 앞에 의자를 갖다놓고 둘이 대화를 나누는 것을, 그들을 등지고 앉은 캐시가 듣게 되었다.

조지와 드투 부인은 대화를 나누다가 부인이 전에 살던 동네가 조지의 집과 가까운 곳임을 알게 되었다. 그들은 계속 대화를 나누었다. 그런데 그들의 대화를 듣고 있던 캐시가 그 자리에서 까무러쳤다.

독자 여러분의 궁금증을 빨리 풀어주기 그녀가 왜 기절했는지 바로 밝혀주어야겠다.

드투 부인은 바로 엘리자와 함께 캐나다로 탈출한 조지 해리스의 누님이었다. 그녀는 다행히 관대한 주인을 만나 서인도 제도로 가서 결혼했고, 동생을 해방하기 위해 켄터키주로 가는 중이었다.

그런데 왜 캐시가 기절했던 것일까? 조지 셸비와 드투 부인이 조지 해리스에 대해 이런저런 이야기를 나누다가 조지 해리스의 아내 엘리자에 관한 이야기가 나온 것이다. 그리고 조지의 입에서 엘리자가 자기 집에 오게 된 내력과 전에 엘리자를 데리고 있던 사람의 이름이 나오자 그녀는 그 자리에서 기절했으니, 엘리자는 바로 그녀의 딸이었던 것이다! 조지가 캐시의 얼굴을 보고 어디서 많이 본 얼굴 같다고 고개를 갸우뚱한 것은 그 때문이었다.

　잠시 후 캐시가 깨어났고 그들은 힘을 합쳐 조지 해리스의 행방을 수소문하기로 했으며 그 비용은 모두 드투 부인이 대겠다고 했다.

제27장 결말

자, 이제 눈길을 캐나다 몬트리올 교외의 작고 아담한 집으로 옮겨보자.

때는 저녁 무렵이다. 난로에서는 따뜻한 불이 타오르고 있다. 방 한구석에는 녹색 천이 덮인 탁자가 있고 그 위에는 필기 도구들이 놓여 있다. 그리고 탁자 위로는 책들이 잘 정돈되어 진열된 책장이 있었다.

조지의 서재였다. 고된 노예 생활을 하면서도 읽기와 쓰기를 게을리하지 않았던 조지였기에 이곳에 와서도 그는 여가 시간이면 정신을 고양하는 활동을 멈추지 않았다.

그가 자유인이 된 지도 5년이 되었다. 조지는 기계 공작소에서 직공으로 일하고 있었으며 딸이 하나 태어나면서 가족은 네

명이 되었다. 딸의 이름은 엄마의 이름을 따 엘리자라고 지었다.

　조지가 아들, 딸과 즐거운 대화를 나누고 있을 때 노크 소리
가 났다. 문을 열어보니 마을 교회의 애머스트버그 목사가 낯
선 부인 두 명과 서 있었다. 독자 여러분은 짐작했겠지만 드투
부인과 캐시였다. 사연을 들은 목사는 좀 더 극적으로 그 만남
을 연출하고 싶어서 미리 계획을 짜놓았었다. 그런데 드투 부
인이 조지를 보자마자 두 팔을 그의 목에 두르고 "조지, 날 모
르겠니? 나 에밀리야!"라고 곧바로 자신의 신분을 발설하는 바
람에 산통이 다 깨져버렸다.

　캐시도 어린 손녀 엘리자 때문에 참지 못하고 이렇게 부르짖
고 말았다.

　"오, 리지, 내가 바로 네 엄마란다!"

　어린 손녀의 모습이 그녀의 딸 엘리자의 어릴 때 모습과 너
무도 똑같았기 때문이다.

　그들은 너무나 흥분해서 눈물을 실컷 흘리고 난 다음에야 겨
우 진정할 수 있었다.

　며칠 지나는 동안 모습이 가장 많이 변한 사람은 캐시였다.
절망과 고뇌가 가득 찼던 그녀의 얼굴에는 온화한 미소가 떠나
지 않았다. 한편 드투 부인은 남편이 죽으면서 남긴 많은 유산

톰 아저씨의 오두막

을 조지 가족과 나누고 싶다는 뜻을 전했다. 그러자 조지는 그 돈으로 공부를 더 하고 싶다고 말했다. 조지는 가족과 함께 프랑스로 유학을 갔다. 프랑스에서 4년간 유학한 조지는 다시 캐나다로 돌아온 뒤, 몇 주 후 아내와 아이들, 누나, 장모와 함께 아프리카로 떠났다. 조국 라이베리아의 발전에 이바지하기 위해서였다.

이 책을 마무리하면서 다른 등장인물 이야기도 덧붙여야 할 것이다. 특히 오필리어와 톱시 이야기는 빼놓을 수 없다.

오필리어는 톱시를 데리고 고향 버몬트주로 갔다. 그녀는 그곳에서도 톱시의 교육에 심혈을 기울였고, 톱시는 곧 우아한 숙녀가 되었다. 그녀는 기독교 세례를 받고 타고난 총명함과 에너지를 발휘하여 적극적으로 선행을 베풀었다. 그리고 아프리카에 선교사로 떠났으며 그곳에서 아이들을 가르쳤다.

이제 마지막으로 셸비 가족 이야기를 해야겠다. 우선 조지 셸비에게 톰의 사망 소식을 들은 클로이 아줌마가 얼마나 절망했는지, 독자 여러분은 능히 짐작할 수 있을 것이다. 조지는 톰이 웃으며 하나님의 나라로 갔다며 클로이 아줌마를 위로했다.

그리고 이 이야기의 대미를 장식할 아름다운 이야기가 남아 있다. 조지 셸비가 노예들을 모두 불러 모은 다음 그들 모두에게서 노예라는 사슬을 풀고 해방해준 것이다.

그는 모두 모인 앞에서 이렇게 말했다.

"여러분, 여러분이 모두 여길 떠날 필요는 없어요. 우리 농장은 이전처럼 일꾼이 필요하니까. 나는 여러분이 남아 있기를 원해요. 하지만 여러분은 이제 자유인이에요. 나는 여러분들과 합의해서 임금을 주겠어요. 여러분은 자유인이니까 내가 죽거나 파산해도 팔려나갈 염려를 안 해도 돼요."

농장에서 가장 오래된 하인이 조지의 손을 잡고 고맙다며 눈물을 흘리자 조지가 말을 이었다.

"여러분, 모두 선량한 톰 아저씨를 기억하지요? 나는 톰 아저씨의 무덤 앞에서 결심했어요. 나는 앞으로 단 한 명의 노예도 소유하지 않겠다고. 나 때문에 흑인 가족들이 헤어져, 톰 아저씨처럼 쓸쓸하게 죽어가는 일은 없게 하겠다고. 여러분은 자유를 누리면서, 그게 모두 톰 아저씨 덕분임을 기억해주면 좋겠어요. 여러분들은 '톰 아저씨의 오두막'을 볼 때마다 여러분들이 자유를 얻게 되어 얼마나 기쁜가를 생각해주었으면 좋겠어요. '톰 아저씨의 오두막'은 자유의 기념비예요."

맺는말

많은 사람이 이 이야기가 사실이냐는 질문을 작가에게 해왔다. 한마디로 말하자. 거의 모든 것이 사실이다. 작가가 직접 목격하거나 친한 친구들이 직접 목격한 것이다. 그리고 톰과 비슷한 비극적 운명을 맞이한 경우는 우리나라에 그 예가 비일비재하다.

사실 작가는 이전 오랫동안 노예제도에 관한 책을 읽지 않았음을 밝혀둔다. 읽기에 너무 고통스러웠으며 이런 사악한 제도는 곧 없어지리라 믿었기 때문이다. 그런데 1850년에 '도망노예법'이 시행되는 것을 보고 나는 경악했다. 도망한 노예들을 다시 그 지옥으로 밀어 넣는 데 협조해야 선량한 시민이고 기독교인이라니! 그 문제를 놓고 사람들이 많은 논란을 벌이는 것을 보고 나는 사람들이 노예제도가 어떤 것인지 정말 모르고 있다는 생각을 하게 되었다. 만일 그들이 노예제도에 대해 잘 알고 있다면 그따위 쓸데없는 토론을 벌이지는 않을 것이다. 이런 말도 안 되는 '도망노예법'을 놓고 왈가왈부하다니!

남부의 너그러운 마음을 가진 신사 숙녀 여러분, 작가는 여러분께 호소한다. 당신들도 당신의 깊은 영혼 속에서, 당신들이 나누는 대화 한가운데서, 이 저주받을 제도 속에는 작가가 이 책에서 묘사한 것보다 훨씬 심한 온갖 비열한 것, 곪아 터진 상처가 들어 있음을 느끼지 않는가? 도대체 달리 어찌할 도리가 없단 말인가? 도대체 한 인간이 다른 인간에 대해 무소불위의 권능을 갖는다는 게 가능한 일인가? 노예에게 단 한마디 변명이나 증언도 금하는 노예제도는 노예 소유주들 개개인을 난폭한 전제군주로 만드는 제도가 아니고 무엇이란 말인가?

작가는 이 책에서 이 잔인한 제도에 대해 희미한 묘사만 했을 뿐이다. 미국 법률의 그늘 아래, 그리스도 십자가의 그늘 아래, 우리나라 도처에서 벌어지고 있는 끔찍하고 살벌한 현실에 필적할 만한 비극적 작품은 그 누구도 쓸 수 없으며 구상조차 할 수 없을 것이다.

작가는 북부의 아버지와 어머니, 기독교인들에게도 묻는다.

그대들은 남부의 동포들을 비난만 하고 있을 것인가? 이 제도는 그대들과 아무 상관이 없으며 그대들이 할 수 있는 일은 아무것도 없다고 외면만 하고 있을 것인가? 하나님 앞에서 과연 그것이 진실한 태도인가? 아니다! 그것은 거짓이다. 그대들도 이 제도를 옹호하고 격려했으며 이 제도에 참여했다. 그대들은 노예제도에 대해 아무것도 반성하지 않고 있다는 점에서 어찌 보면 남부 사람들보다 하나님 앞에서 더 죄가 크다. 더욱이 북부 사람 중에도 노예 상거래에 참여하고 있는 사람들도 많다. 그대들은 남부의 동포들을 비난만 하고 있을 것이 아니라 함께 반성해야 한다.

오, 기독교인들이여! 그대들은 이 죄악으로부터 자유로운가? 아니다. 그대들은 이 죄악에 대해 빚이 많다. 그대들은 미국이 아프리카 종족에 대해 저지른 잘못을 하나님의 이름으로 보상해주어야 한다. 교회와 학교의 문을 그들에게 닫아야 하겠는가? 교회가, 그들이 내뻗은 힘없는 도움의 손길을 뿌리쳐야 하겠는가? 그 침묵은 잔인한 행동을 격려하는 행동이 아니고 무엇이겠는가?

북부의 교회는 고통 받는 이 불쌍한 영혼들을 받아들여야 한다. 그들에게 교육을 베풀고 도덕적으로, 정신적으로 성숙할 수 있게 도와야 한다. 노예제도에 신음하면서 어느 정도 일그러진 그들의 영혼을 올곧게 펴주어야 한다. 그것이 교회의 책무이다.

해방된 노예들의 첫 번째 욕구는 교육을 받고 싶다는 것이다. 그들은 자신의 자녀들을 교육하기 위해서 무슨 일이든 다 하려 한다.

노예 상태에서 해방된 흑인들이 제대로 된 교육을 받으면서 성공한 사례는 얼마든지 들 수 있다. 온갖 불이익과 절망적인 상황을 이겨내면서 안정적인 부와 사회적 지위를 획득한 예는 무수히 많다. 이 박해받는 종족이 온갖 어려움을 이겨내면서 성공한 사례들은 무엇을 증명하는가? 그것은 그들이 제대로 교육을 받고, 제도와 법의 보장 하에서 생활할 수 있다면 지금보다 더 많은 능력, 더 훌륭한 인격, 더 드높은 신앙심을 우리에게 보여줄 수 있다는 것을 말하고 있지 않은가?

지금은 전 세계 국가들이 요동치며 흔들리고 있는 시대이다. 그렇다면 미국은 과연 안전한가? 자기 품에 아직 해결조차 못한 엄청난 불의를 품고 있으니, 결국 나라 전체가 전복될 위험의 씨앗을 품고 있는 셈이 아닌가?

과연 이 지구 전체를 뒤흔드는 그러한 동요는 어디에서 오는가? 이 세상 방방곡곡에서 온갖 언어로 들려오는 소리 높은 함

성은 무엇을 외치고 있는가? 그 함성은 바로 모든 인간의 자유
와 평등을 원하고 있다.

『톰 아저씨의 오두막』을 찾아서

여러분에게 이상한 질문 하나 하자.

노예제도는 나쁜 제도일까, 아니면 한 사회에 어쩔 수 없이 존재할 수밖에 없었던, 혹은 지금도 여전히 존재할 수밖에 없는 필요악의 하나일까? 노예제도는 그 제도를 법적으로 용인하고 시행하고 있는 나라를 파멸로 이끄는 제도일까, 아니면 그 제도도 그 나라의 유지와 발전에 기여하고 있는 부분이 있을까?

아마 여러분은 당장 반박할 것이다. 세상에 그런 말도 안 되는 질문이 어디 있느냐? 노예제도를 나쁜 제도로 생각하지 않는 사람이 어디 있느냐?

그렇다. 노예제도는 분명 인간 사회에 존재했던 최악의 제도이다. 인간이 인간을 사고파는 물건으로 취급하다니! 인간이 인간을 동물처럼 여기고 학대하다니! 그런 최악의 차별의식을 합법화하다니! 그런 일은 다시는 있어서는 안 된다. 우리는 모두 그 의견에 동의한다.

　그런데 그런 최악의 제도는 인류 역사에서 아주 긴 기간 동안 엄연히 존속해왔다. 고대 그리스 로마 시대로부터, 19세기 남북 아메리카 대륙에 이르기까지 존속해왔으며, 우리나라도 조선 시대에는 거의 절반에 가까운 백성이 노예였고(오, 놀라워라!), 일제강점기의 우리나라 백성들은 모두 노예와 다름없었다. 또한 지금 북`한의 국민은 명목상으로만 인민일 뿐 실질적으로는 노예에 가깝다고 보아야 한다. 자유를 박탈당한 인간은 인간이라기보다는 노예이기 때문이다. 모든 독재 국가의 국민은 인간이라기보다는 노예에 가깝다.

　그러니 인간 사회에 왜 노예제도가 생긴 것인지, 노예제도를 합법화한 사회나 나라의 특징은 어떤 것인지 역사 · 정치적으로, 사회 · 경제적으로 살펴보는 것도 꽤 중요한 일이다. 여러분도 한번 관심 가져보기를 권한다. 인간의 기본적인 권리 중의 하나인 자유와 평등과 관련되는 문제이며, 인간이 인간을 차별하고 자유를 박탈하는 일은 인간 사회에서 언제고 벌어질 수 있고 또 벌어지고 있기 때문이다.

하지만 우리는 그런 질문은 접어두고 다른 질문을 던져보자. 좀 더 현실적이고 적극적인 질문이다. 만일 우리가 몸담은 사회에 그런 부당한 제도가 지금 시행되고 있으며 게다가 많은 사람이 그런 제도를 당연하게 받아들이고 있다면, 그 안에 속해 있는 우리는 과연 어떻게 행동해야 할까? 어떤 행동이 옳은 행동일까? 또한 어떤 행동이 그 나쁜 제도를 없애는 가장 효과적인 방법일까?

해리엇 비처 스토(Harriet Beecher Stowe, 1811~1896)의 『톰 아저씨의 오두막(Uncle Tom's Cabin)』은 바로 우리에게 그 질문을 진지하게, 그리고 아프게 던져주는 소설이다.

우리가 다 알고 있는 사실이지만 미국의 노예제도는 미국 전역에서 시행되던 제도가 아니다. 목면이 산업의 핵심이던 남부의 주에서만 시행되고 있던 제도다. 목면을 심고 따고 가공하는 목면 농사를 거의 모두 흑인 노동력에 의존하고 있던 미국 남부에서는 노예제도를 강력히 유지하는 게 필요했기 때문이다.

반면에 북부의 주들은 농업이 아니라 공업과 제조업이 주된 산업이었고, 그 산업의 특성상 임금 노동이 핵심을 이루고 있었다. 게다가 우리가 『주홍 글자』에서 살펴보았듯이, 뉴잉글랜드 지역을 중심으로 한 북부에는 청교도 윤리가 바탕을 이루고 있었다. 북부의 주들은 제도상으로도 노예제도가 필요하지 않았고, 윤리적으로도 그것을 허용할 수 없었다.

우리가 이미 말했듯이 노예제도는 나쁜 제도다. 없애야 하는 제도다. 그렇다면 노예제도를 시행하고 있는 남부 사람들은 나쁜 사람들이고 그것을 시행하지 않는 북부 사람들은 좋은 사람들이라고 생각하는 게 가장 간단한 방법이다. 그 경우 해결책은 간단하다. 좋은 나라 사람들과 나쁜 나라 사람들이 싸움을 벌여서 좋은 나라 사람들이 이기면 된다. 그런 식으로 보면 미국 '남북전쟁'은, 노예제도를 지지하고 시행하고 있는 악당들을 정의의 사도들이 무찌른 전쟁이 된다.

그러나 그것은 전형적인 선·악 이분법적인 사고다. 그런 전쟁을 일으키려면 노예제도를 향한 분노를 촉발하면 된다. 사명감과 정의감과 투쟁심을 고취하면 된다. 그리고 그런 사명감과 정의감을 고취하는 소설을 쓰기로 마음먹은 사람이 있다면, 노예제도 아래에서 흑인들이 얼마나 고통 받는지, 백인 주인들이 얼마나 잔인한 짓을 저지르는 악당인지 고발하는 소설을 쓰면 된다. 그런 고발 소설도 나름대로 의미가 있다.

『톰 아저씨의 오두막』도 분명히 노예제도를 고발하고 있으며, 그 노예제도를 없애기 위한 행동을 촉구하는 소설이다. 그러나 이 작품은 앞서 말한 고발, 폭로 소설과는 방향이 사뭇 다르다. 물론 이 작품에도 고발, 폭로의 모습이 들어 있지만 그 모습은 부수적일 뿐이다. 이 작품에는 그 이상의 것이 들어있다. 그리고 바로 그 이상의 것이 사람들을, 정치인들을 행동에 나서게 한다. 그리고 이 작품을 위대한 고전으로 만든다. 과연 그 이상의 것이 무엇인가?

우선, 이 작품에서 남부 사람들은 무조건 악한 사람이고 북부 사람들은 무조건 좋은 사람이 아니다. 톰의 첫 번째 주인인 셸비 부부는 착한 사람들로서 노예들이 인간적인 삶을 살 수 있도록 배려한다. 노예제도를 적극적으로 거부하지는 않지만 그 안에서 최선을 다해서 노예들을 대우한다. 톰의 두 번째 주인인 오거스틴 세인트클레어는 어떤가? 그는 노예제도에 대해 증오심을 가진 인물이다. 그래서 그는 노예들에게 너그럽고 그들을 방치하여 제멋대로 지낼 수 있게 한다. 셸비 부부건 세인트클레어건 응징해야 할 악당과는 거리가 멀다.

그렇다면 북부 사람들은 어떠한가? 작가는 작품에서 직접적으로 북부 사람들을 다음과 같이 맹렬하게 비난한다.

북부의 아버지와 어머니, 기독교인들에게도 묻는다. 그대들은 남부의 동포들을 비난만 하고 있을 것인가? 이 제도는 그대들과 아무 상관이 없으며 그대들이 할 수 있는 일은 아무것도 없다고 외면만 하고 있을 것인가? 하나님 앞에서 과연 그것이 진실한 태도인가? 아니다! 그것은 거짓이다. 그대들도 이 제도를 옹호하고 격려했으며 이 제도에 참여했다. 그대들은 노예제도에 대해 아무것도 반성하지 않고 있다는 점에서 어찌 보면 남부 사람들보다 하나님 앞에서 더 죄가 크다. 더욱이 북부 사람 중에도 노예 상거래에 참여하고 있는 사람들도 많다. 그대들은 남부의 동포들을 비난만 하고 있을 것이 아니라 함께 반성해야 한다.(240~241쪽)

그러한 모습을 상징적으로 대표하고 있는 인물이 바로 오필리어다. 겉보기에 그녀는 반성할 것이 전혀 없다. 그녀는 기독교 윤리를 충실하게 지키며 살았고 노예제도를 혐오한다. 하지만 그녀는 방관자일 뿐이다. 자신이 노예제도를 반대한다는 것만으로 인간다운, 기독교인다운 도리를 다했다고 생각한다. 하지만 그녀는 한 가지 중요한 점을 간과하고 있다. 그녀가 노예제도를 반대하는 처지에 서게 된 것은, 그녀가 어쩌다 재수 좋아 뉴잉글랜드, 즉 청교도 정신이 확고한 곳에 살게 되었기 때문일 뿐이다. 그녀도 흑인에 대한 편견을 지니고 있다는 점에서 남부 사람들과 조금도 다를 바 없다. 악이 행해지는 것을 방관하는 자도, 그 악을 행하는 자와 다를 바 없다.

그러니 '북부 사람=좋은 사람, 남부 사람=나쁜 사람'이라는 이분법적 도식은 성립할 수 없다.

이번에는 노예 당사자의 관점에서 살펴보자. 노예 스스로 노예제도를 없애지는 못한다. 그들은 그 제도를 없앨 만한 합법적 지위를 갖고 있지 못하며 그럴 힘도 없다. 그냥 체념하며 노예로 살아가느냐, 아니면 위험을 무릅쓰고 저항하느냐, 둘 중 하나를 선택할 수밖에 없다. 하지만 그들이 처한 상황에서 저항에는 한계가 있다. 가장 적극적인 방법이라야 스스로 노예의 사슬을 끊고 탈출하는 것밖에 없다. 조지 해리스 부부가 바로 그런 인물들이다.

그런데 이 소설에서는 또 다른 길이 제시된다. 바로 톰이 가는 길이다. 얼핏 보면 톰은 체념한 채 노예제도라는 현실을 받아들인 인물로 보일지도 모른다. 하지만 그는 노예제도를 수락하고 안주한 게 아니다. 그는 종교의 힘으로 그 현실을 뛰어넘는다. 그는 심지어 자신을 죽게 한 원수들도 용서한다.

그는 비현실적인 인물이다. 소설 속의 많은 등장인물이 작가가 직접 보았거나 남을 통해 들은, 현실 속에 존재하는 인물들이지만 정작 이 소설의 주인공 '톰 아저씨'는 지극히 비현실적이다. 그는 현실적인 인물이 아니라 작가가 창조해낸 인물이다. 생각해보라. 흑인으로서 목사가 된 사람이 있을지 몰라도, 톰처럼 자기를 죽음에 빠뜨린 원수를 용서하고 사랑하면서 죽어가는 사람이 현실적으로 쉽게 존재할 수 있겠는가?

그런데 작가는 그 비현실적인 인물을 이상적인 인물로 그린다. 죽어가면서 톰이 하는 행동을 찬찬히 다시 살펴보라. 작가는 그의 죽음을 마치 예수의 죽음처럼 묘사하고 있지 않은가? 그의 죽음을 예수의 희생에 비유하고 있지 않은가?

그렇다. 작가는 톰을 노예제도를 있는 그대로 수락한 인물이 아니라 그것을 뛰어넘고 감싸 안은 인물로 창조한다. 그의 신분은 노예이지만 그의 영혼은 주인들 위에 있다. 그는 주인들에게 속해 있지 않다. 하나님에게 속해 있다.

그는 투쟁하지 않는다. 그렇다고 그가 굴복한 것이 아니다. 그런 톰에게 현실적 투쟁을 요구하는 것은 마치 예수의 제자들이 예수에게 지상의 왕이 되길 간절히 원하는 것과 같다. 톰은 예수와 마찬가지로 지상의 인물이 아니라 천상의 인물이다. 하지만 어쨌든 그는 노예제도를 부정하는 그 어떤 행동도 하지 않는다. 겉보기에 그는 자신의 신앙만 지키다 순교한 것처럼 보일 뿐이다.

작가는 이 작품에서 이 사악한 제도의 폐지를 위해 모두 적극적인 행동에 나설 것을 강력하게 촉구하고 있다. 그런데 톰은 그런 실천적 행동을 하는 인물과는 거리가 멀다. 그렇다면 작가는 왜 톰이라는 이상적인 인물을 창조해낸 것일까?

당신이 만일 노예를 부리는 남부의 농장 주인이라고 가정해보자. 그리고 당신이 이 소설을 감동적으로 읽었고, 톰의 행동에서 숭고함을 느꼈다면 어떻게 되었을지 상상해보자. 혹시 흑인들 얼굴에서 톰의 모습이 어른거리게 되지 않을까? 그들의 내면이, 그들의 영혼이 보이지 않았을까? 흑인에 대한 편견이 사라지지 않았을까? 그리고 "아니, 저런 사람을 어떻게 노예로 부린단 말이야"라고 중얼거리게 되지 않았을까? 그리고 노예 해방론자가 되지 않았을까? 한마디로 현재의 자기 모습을 적극적으로 반성하고 부정하게 되지 않았을까?

만일 당신이 북부 사람이라면 어떻게 되었을까? 정말 부끄럽지 않았을까? 흑인에 대한 편견을 그대로 지닌 채 "노예제도는 나쁜 제도야"라고 말로만 떠들던 자신이 부끄럽지 않았을까? 그리고 노예해방을 위한 실질적인 행동에 들어가지 않았을까?

그런 의미에서 작가가 이상적으로 그려낸 '톰 아저씨'는 북부 사람이건 남부 사람이건 자신을 돌아보고 반성하게 하는 가장 실천적인 주인공이 된다. 그리고 그 주인공이 발휘하는 힘은 직설적인 고발 소설이 발휘하는 힘보다 훨씬 강력하다.

고발 소설은 우리를 행동으로 유도하기보다는 우리를 안심하게 할 소지가 아주 크다. 자신은 그런 잘못을 저지르지 않고 살고 있다고 위안하게 만들 수도 있기 때문이다. 솔직히 말하자면 사람은 그다지 윤리적이거나 이타적이지 않다. 자기반성이 없는 경우에는 더욱더 그러하다. 제3자의 처지에서 솟구치는 분노의 힘보다 반성의 힘이 더 강력하다. 분노는 자기 자신에게 갇히기 쉽지만 자기반성은 남을 위한 실천적 행동을 낳을 수 있기 때문이다.

스토 부인의 『톰 아저씨의 오두막』은 뛰어난 참여문학의 본보기다. 이 소설은 문학이 현실적으로 무슨 역할을 할 수 있는지 아주 확실하게 보여준다. 이 소설은 우리의 주먹을 불끈 쥐게 하기보다는 우리를 부끄럽게 만든다. 그리고 그 부끄러움에서 벗어나기 위해 확실하게 행동하게 한다.

남북전쟁이 발발한 후 스토가 백악관의 링컨 대통령을 방문했을 때 대통령은 "당신이 이 엄청난 전쟁을 촉발한 책을 쓴 조그만 여인이군요"라고 말했다.

어떤가? 아름다운 만남이지 않은가? 위대한 두 명의 행동가의 만남으로 보이지 않는가? 한 명은 소설가로서, 다른 한 명은 정치가로서 노예해방을 위해 가장 적극적인 행동을 했으며, 그 둘이 그렇게 만났으니!

스토는 1811년 목사인 라이먼 비처의 일곱 번째 아이로 태어났다. 그녀는 큰 언니인 캐서린이 하트퍼드 여학교를 설립하자 그 학교의 학생이 되었다가 후에 그 학교에서 교사 생활을 한다.

나중에 아버지가 오하이오주의 신시내티로 이사하자 스토와 언니도 따라가서 그곳에 학교를 설립한다. 스토는 그곳에서 아버지가 교장으로 있던 신학교의 캘빈 엘리스 스토라는 교수와 결혼한다. 가난한 교수의 아내였던 그녀는 가사에 도움이 되기 위해 각종 문예지에 단편소설을 기고하기도 했다. 그러던 중 1850년에 남편이 모교인 보든대학의 교수로 임용되어 그녀는 남편과 함께 뉴잉글랜드로 돌아왔고, 바로 그해에 '도망노예법'이 공포된다. 분노한 그녀는 노예제도에 항의하는 소설을 쓰기로 한다. 그녀는 1851년에 『톰 아저씨의 오두막』을 신문에 연재하기 시작하여 1852년에 두 권짜리 단행본으로 출간한다.

『톰 아저씨의 오두막』은 출간 즉시 선풍적인 인기를 얻어 그해에만 20만 부가 판매되었으며 이후 유럽 전역에서 300만 부 이상이 팔린 베스트셀러가 된다. 그리고 출간된 지 160여 년이 지난 지금까지 32개 국어로 번역되었고, 주로 연극으로 각색되어 많은 사람의 사랑을 받았다. 우리나라에서는 아동문학으로 소개되는 바람에 그 문학적 가치와 의미가 제대로 인식되지 못했지만, 톨스토이 같은 대문호가 이 소설을 읽고 깊은 감명을 받아 '하나님과 인간을 향한 사랑에서 탄생한 가장 고귀한 작품'이라고 평했듯이, 끊임없이 우리를 뒤돌아보게 하는 위대한 고전이다.

스토는 『톰 아저씨의 오두막』 외에도 여덟 편의 장편소설을 더 썼으며, 1896년 여든다섯의 나이로 하트퍼드에 있는 자신의 집에서 눈을 감았다.

톰 아저씨의 오두막

생각하는 힘: 진형준 교수의 세계문학컬렉션 34

펴낸날	초판 1쇄 2018년 12월 27일
	초판 3쇄 2021년 10월 25일

지은이	해리엇 비처 스토
옮긴이	진형준
펴낸이	심만수
펴낸곳	(주)살림출판사
출판등록	1989년 11월 1일 제9-210호

주소	경기도 파주시 광인사길 30
전화	031-955-1350 팩스 031-624-1356
홈페이지	http://www.sallimbooks.com
이메일	book@sallimbooks.com

ISBN	978-89-522-4018-7 04800
	978-89-522-3986-0 04800 (세트)

※ 값은 뒤표지에 있습니다.
※ 잘못 만들어진 책은 구입하신 서점에서 바꾸어 드립니다.